문학과지성 시인선 517

너는

곽효환 시집

문학과지성사

문학과지성사에서 펴낸 곽효환의 시집

지도에 없는 집(2010)
슬픔의 뼈대(2014)

문학과지성 시인선 517

너는

초판 1쇄 발행 2018년 10월 22일
초판 3쇄 발행 2023년 1월 6일

지 은 이 곽효환
펴 낸 이 이광호
편   집 이민희 조은혜 박선우 김필균
펴 낸 곳 ㈜문학과지성사
등록번호 제1993-000098호
주   소 04034 서울 마포구 잔다리로7길 18(서교동 377-20)
전   화 02)338-7224
팩   스 02)323-4180(편집) 02)338-7221(영업)
전자우편 moonji@moonji.com
홈페이지 www.moonji.com

© 곽효환, 2018. Printed in Seoul, Korea

ISBN 978-89-320-3487-4 03810

이 도서의 국립중앙도서관 출판예정도서목록(CIP)은 서지정보유통지원시스템 홈페이지
(http://seoji.nl.go.kr)와 국가자료공동목록시스템(http://www.nl.go.kr/kolisnet)에서
이용하실 수 있습니다. (CIP제어번호: CIP2018032682)

문학과지성 시인선 517

너는

곽효환

시인의 말

너는,
타자이면서 우리이다.
시원이면서 궁극인 너는
끝내 닿을 수 없는 내 안의 타자이다.
나는
흔들리며 흔들리며
다시 너에게로 간다.

우리이면서 타자인
너는 너무 멀리 있다.

2018년 가을 광화문에서
곽효환

너는

차례

시인의 말

I

해설

I

돌의 뼈

돌의 뼈를 본 적이 있다
들녘 가득한 감나무 황금색으로 물드는
청도읍성 언저리 석빙고
수백 년 풍장에
홍예虹霓로 남은 돌의 뼈대
돌벽 틈새로 혹은
경사진 돌바닥 배수구 따라
물과 풀과 흙이 들고 날 때마다
돌들은 어깨를 걸고 몸을 붙였을 게다
많은 것들이 맺히고 풀리고 흘러갈 때마다
더 가까이 더 깊숙이
서로가 서로의 몸으로 파고들며 견디어온
돌의 뼈대에는 단단한 시간의 문양이 있다
수많은 바람이 실어 오고 실어 간
풍경과 삶이 물결치는 세월의 무늬가 있다

꽃잎 속에 이우는 시절들

아직 새순 오르지 않은 나무를 보러 갔더니
잘 매만진 생태천에 봄꽃 가득하다
물길을 따라 난 꽃나무길
바람 일 때마다 꽃잎 분분하다
비스듬히 기운 봄볕
떨어지는 꽃잎 속에 이우는 시절들

하나
한 세계가 설핏 열렸다 닫힌다
천변 너머 옹기종기 빈루한 작은 마을
둑길에 잠시 세워둔 손수레, 털털대며 달리는 삼륜트럭

둘
한 계절이 차고 또 기운다
가지 많은 정자나무, 차례로 피었다 지는
개나리 진달래 산수유 벚나무 목련 그리고 살구꽃

셋
한 시절이 왔다 간다

나지막한 흙담집과 시멘트 벽돌로 지은 개량 한옥 몇 채
　동구 슬래브 지붕 아래 나란한 싸전과 구멍가게와 대
폿집

　넷
화창했던 하루가 뉘엿뉘엿 저문다
단출한 자전거포, 조금 떨어진 오래된 예배당
아버지의 긴 그림자 어른어른 지난다

　다섯
바람 분다 배꽃 내음 아슴하다
과수원집 단발머리 계집아이 숙이 그리고
적송 울창한 천변川邊의 아이들

곡선의 힘

선운사 동백꽃 보러 갔다
구불구불 흰 기둥이 떠받치는
오래된 집* 앞에 멈추었다
옹이 박힌 굽고 흰 나무 기둥들이
백 년도 훨씬 더 넘게 떠받치고 있는
팔작지붕의 들보와 서까래
둥치부터 뒤틀린 못난 것들이 버텨낸 것이
어디 세월뿐이었을까

바람 불 때마다
큰일 있을 때마다
뿌리부터 이리저리 구부러진
보잘것없는 못난 나무들의 힘
곡선과 곡선이 지탱하는 견고한 중심을 본다
수없이 휩쓸고 지나간 눈과 비와 서리
그리고 흩어지고 굴곡진 삶들
그 중심을 수습한 대목장의 마음을 헤아린다

* 전북 고창군 무장면 덕림리에 있는 구한말 의병대장이었던 정관원鄭官源의 사당 용오정사龍塢精舍 내 홍의재弘毅齋는 구불구불 자란 나무 기둥으로 지어져 있다.

마당을 건너다

그 여름밤도 남자 어른들은 돌아오지 않았다
여인들이 지키는 남쪽 지방 도시 변두리 개량 한옥
어둠을 밀고 온 저녁 바람이 선선히 들고 나면
외등 밝힌 널찍한 마당 한편에 모깃불을 피워놓고
저녁상을 물린 할머니를 따라
평상에 자리 잡은 누이와 나 그리고
막둥아! 하면 한사코 고개를 가로젓던 코흘리개 동생은
옥수수와 감자 혹은 수박을 베어 물고
입가에 흐르는 단물을 연신 팔뚝으로 훔쳐냈다
안개 같은 어둠이 짙어질수록 할머니는
그날도 마작판에 갔는지 작은댁에 갔는지 모를
조부를 기다리며 파란 대문을 기웃거렸고
부엌과 평상을 오가는 어머니는 좀처럼 말이 없었다
어둠이 더 깊어지면 할머니는 두런두런
일 찾아 항구도시로 간 아버지 얘기를 했고
마당을 서성이던 어머니는 더 과묵해졌다
기다려도 오지 않는 할아버지와 아버지 그리고
달과 별과 호랑이, 고래와 바다를 두서없이 얘기하다
스러지듯 평상 위에 잠든 아이들을

할머니와 어머니는 하나씩 들쳐 업고
별빛 가득한 마당을 건너 그늘 깊은 방에 들었다

그런 밤이면 변소 옆 장독대 항아리 고인 물에
기다림에 지친 별똥별 하나 떨어져 웅숭깊게 자고 갔다

마당 약전略傳

나무 울타리나 토담에 에워싸인 나는
갓 걸음을 뗀 꼬맹이들과 닭, 오리, 강아지의 놀이터이고
저녁엔 모깃불 올리며 멍석 깔고
온 가족이 둘러앉아 소박한 저녁을 먹는 식당이고
감자 옥수수 수박을 먹으며 담소를 나누는 사랑채였다

닭장과 개집, 외양간과 돼지우리가 있고
봄 파종의 시작점이고 가을걷이의 종착지였다
아버지와 어머니, 할아버지와 할머니
다시 그 아버지와 어머니가
걷고 넘어지고 일어서고 뒹굴고 뜀박질하고
나로부터 세상을 향해 무수히 나아가고
다시 나에게로 돌아왔다

태어난 아이를 맨 처음 맞고 알린 것도
품어 자라게 한 것도 나의 몫이었다
그 아이가 신랑 신부가 되어
수줍게 초례를 올린 결혼식장이고
그 신랑 신부가 늙어

회갑과 고희 잔치를 연 연회장이며
그렇게 한 세월 가고 망자가 된 그들을
먹먹한 가슴으로 떠나보낸 장례식장이었다

윷 놀고 널뛰고 떡메 치는
마을 사람들의 흥성거리는 잔치터이고
고된 농사일 잠시 멈추고
농주로 지친 몸을 달래는 휴식처였다
지신 밟고 농악 놀고 풍년과 안녕을 빌던 사람들
나는 그들의 처음이자 전부이고 마지막이었다
내가 그들이고 그들이 곧 나였다

먼 아버지 적부터 연년이 이어져 내려오다
이제 놀이도 잔치도 예식도 사람도 사라지고
존재마저 희미해진 내 이름은……

그 많던 귀신은 다 어디로 갔을까

섬섬한 별들만이 지키는 밤
사랑채에서 마당 건너 뒷간까지는
수많은 귀신들이 첩첩이 에워싸고 있었다
깊은 밤 혹여 잠에서 깨기라도 하면
새까만 어둠 속에 득실거리는
더 새까만 귀신들 때문에
창호지를 바른 덧문을 차마 열고 나갈 수 없었다
대청 들보 위에는 성주신 부엌에는 조왕신 변소에는
측간신 그리고 담장 밖에는 외눈 부릅뜬 외발 달린 도깨
비들……
숨죽이며 가득 찬 오줌보를 움켜쥐고 참던 나는
발을 동동 구르다 끝내 울음을 터뜨려
잠든 할아버지를 깨우곤 했다
문틀 위에는 문신이 파수를 서고, 지붕 위에서는 바래
기기와귀신이 망을 보고, 어스름밤 골목에서는 달걀귀신
이 아이들의 귀갓길을 쫓고, 뒷산 묘지에는 소복 입은 처
녀귀신이, 더 먼 산에는 꼬리 아홉 달린 여우가 사람으로
둔갑한다는……
우리가 사는 곳 가는 곳 어디에나 드글거리던

깜깜했으나 해맑게 흥성대던 그때
그 많던 귀신들은 다 어디로 갔을까

수만 킬로미터 밖 위성사진에서도
밝게 빛나 환하기만 한 밤 풍경을 벗어나
아이와 함께 돌담을 따라 난 고샅길을 걸으며
밤하늘에 뜬 별들을 헤아리는데
내가 받았고 다시 내 아이에게 건네줄
마을 가득했던 몸서리치는 무서움은
눈망울에 가득 찼던 호기심은
그 꿈은 다 어디로 숨었을까

미루나무가 된 소녀

낡은 화물트럭 털털거리고 지나간 비포장도로
뽀얀 흙먼지를 켜켜이 받아내며
가없는 들판에 우두커니 서서
홀로 그늘을 낸 미루나무
그 아래 한 소녀가 서 있다
몇 번의 바람이 들고 나고
몇 번의 들꽃이 피고 지고
몇 번의 혹한이 그렇게 지나가고
어느새 하얀 머리칼과 주름 가득한
노인이 된 소녀의 얼굴에
붉은빛 비스듬히 기울어 들고
슬픔이 그렁그렁 매달린
커다란 눈망울 깊이
여름 설산이 드리워 있다

멀리 더 멀리 떠나간 사람들
끝내 돌아오지 않는
인적 끊긴 메마른 초원길
저 먼 곳으로부터 올 그 사람 위해

몸은 둥치가 되고
세월은 수피가 되고
팔다리는 가지가 되어
허공 높이 무성한 잎새를 매단
마침내 키 큰 미루나무가 된 소녀
기다림과 그리움의 틈새에서
아득히 멈추어 있다

여름 숲에서 그을린 삶을 보다

길은 사라지고
굽고 휘고 뒤틀린 나무들 뒤섞여
더 깊이 더 무성히 울울한 여름 숲
문득 펼쳐진 낙엽송 군락에 서서
오래전 사람들의 그림자를 본다
산나물과 약초를 캐고
화전을 일구며 살다 간
쓰러진 고목 위로 귀틀집 혹은
너와집이나 굴피집 한 채 지어
몸 들였을 까맣게 그을린 삶들
맨손으로 도끼와 톱과 낫과 삽과 괭이를 부린
지도에는 사라진
고단한 빈손들이 어른어른 지나간다

첫

숲길도 물길도 끊어진 백두대간
둥치마다 진초록 이끼를 두른
늙은 나무들 아래에서
더는 갈 수 없는 혹은
길 이전의 길을 어림한다
검룡소 황지 뜬봉샘 용소는
강의 첫,
길의 첫
숲의 첫
너의 첫
나의 첫은
어디서 나고 어디로 흘러가는지

바람만 무심히 들고 나는
어둡고 축축한 숲 묵밭에
달맞이꽃 개망초꽃 어우러져
꽃그늘 그득한데
붉은 눈물 속에 피다 만 것들의 첫은
다 어디로 갔을까

숲의 정거장

사람들 드문드문 들고 나는
호젓한 시골 마을 간이역 철길을 이어
백두대간 숲속 깊은 곳에
작은 역 하나 더 지어야겠다
간이역과 간이역을 잇는 기차
하루에 한 번 혹은 두 번 오가게 해야겠다

비자나무 가죽나무 굴참나무 측백나무 팔 벌리고
작은 짐승들 새들 벌레들 분주함 가득한
숲의 정거장엔
철커덕철커덕 쉼 없이 달려왔을 기차도
같이 온 바람도 잠시 숨 고르리라
플랫폼에 이어진 호젓한 오솔길 따라
나란히 흐르는 계곡물에 발 담갔다가
단청 고운 절집 탱화 아래 앉아
잠시 먼 산에 한눈팔아도 좋겠다
세상의 시간과 일상이 한동안 멈춰
몸 부리고 쉬었다 느릿느릿 흘러가는
작은 역 하나 숲의 양식대로 지어야겠다

빛바랜 회색 기와집 아래 의상실과 세탁소
슬레이트 지붕집엔 전파사와 분식집
붉은 벽돌집에 포목점과 연쇄점
그리고 방앗간이 더러는 정겹게
더러는 힘겹게 옹기종기 모여 있는
한적한 시골 마을 간이역
한때는 열차들 분주히 들고 나고
수많은 사람들 멈추고 떠나며
흥성하게 장도 이루었을 텐데
그 기억과 시간이 떠난 자리에
숲의 정거장에 넘치게 붐비는
느림을 멈춤을 고요를 실어다
고루 나누어 줘야겠다

두 역을 오가는 기차의 차장을 해야 할지
두 역 중 어느 역의 역장을 맡아야 할지
나의 고민은 초록과 함께 깊어간다

환인桓仁 가는 길

멀리 지평선이 끝없이 펼쳐진 요동遼東벌

가히 한번 울 만했다는 광원廣原을 뒤로하고

요하遼河의 동쪽 환인 가는 길

가도 가도 진진초록 벌판에

더디게 더디게 오는 여름 저녁노을 구름 사이로 붉다

끝도 없이 펼쳐지는 키 큰 옥수수밭을 지나

작은 산들과 깊고 험준한 산맥들을 에워싼 어스름

들과 산과 강과 하늘의 경계가 점점 흐려진다

칠흑의 차창 밖으로 소자하蘇子河 물소리만 들리고

강을 건넌 사내들이 지나간다

드넓은 들과 초원과 강과 산에 의지해

농경과 유목과 수렵으로

때론 이웃하고 때론 뒤섞여 힘 겨루며 살던

들풀 같은 삶들, 그 검은 그림자들이 흘러간다

숙신 읍루 부여 물길 말갈 여진이라 불린

오랫동안 북방 곳곳에 흩어진 야인들을 모아

요하를 건너 요서로 마침내 중원으로 나아간

첫번째 만주족이 된 사람
더 먼 옛날 대흥안령을 넘고 송화강을 건너
남쪽 비류수 가에 첫 터를 잡고
사람을 모으고 씨앗을 뿌리고 물길을 다스린
알을 깨고 나온 활 잘 쏘는 부여 청년

작은 산들은 작은 산대로
멀리 큰 산은 큰 산대로 그늘 깊은 북방의 밤
얼마나 많은 사람들이
이 산 밖으로 나가고 또 들어왔을는지
울고 웃고 뒤섞이고
사랑하고 헤어지고 떠나고 남았을는지
그들을 만나러 가는 검푸른 길은 깊어 서늘하고
내 마음은 외롭고 쓸쓸하지만 모처럼 헌거롭다

홀승골성에 오르다 1

환인분지에 돌올하게 솟은 오녀산을 오른다

가쁜 숨을 헐떡이며 나는

가파른 산비탈을 날랜 발걸음으로

하루에도 몇 번씩 오르고 내렸을

삼족오 깃발을 가슴에 새긴 사람을 생각한다

들녘을 사행하는 비류수를 지나

봇나무 가래나무 참나무 물푸레나무 뒤섞여 키를 다
투는

숲 너머 산정의 단단한 요새 홀승골성*

긴 겨울잠에서 잠시 깨어 시리게 푸른 북방의 산길

서문 하늘로 통하는 가파른 돌계단 구백아흔아홉 개

나무 그늘에 들어 가쁜 숨을 고르며

나는 날래고 강인한 졸본의 사내가 되어

튼튼한 그래서 아름다운 고구려 처녀를 그리워한다

　　귀밑머리를 늘어뜨린 갸름한 얼굴, 둥그스름하면서
오똑한 코, 짙은 눈썹과 도톰한 붉은 입술 그리고 훤칠한
키에 날렵하면서도 단정한 얼룩무늬 옷매무새……

수직의 절벽을 가른 일선천一線天 지나

홀승골성에 올라 아무리 두리번거려도
날렵한 발걸음 그 처녀 간 곳이 없다
　그래 그 처녀 너무 오래 기다렸겠다
　사람 없는 빈 성에서 그렇게 오래
　아니 고단했나 보다
　이 험로를 그렇게 수없이 다녔으면

* 紇升骨城. 오녀산성五女山城이라고도 불리며 고구려의 첫 도읍지인
졸본성卒本城으로 비정된다. 요령성 환인현에 있다.

홀승골성에 오르다 2

여러 해 전 서울에서 만난 만주족 작가 리샤오밍
어디서 본 듯한 길고 갸름한 각진 얼굴의 그가
함께 가자고 했던 홀승골성의 천지天池
수천 년을 마르지 않는다는 산정 샘가를 서성이며
만주 벌판이 알처럼 품은 땅의 첫 떨림을 헤아린다
산성 남쪽 끝 전망 좋은 점장대 너럭바위에 누워
그에게 받은 요와 금의 기와 조각을 꺼내어 본다
아득한 시절 이 산성에 터 잡은 이래
이곳에 깃들어 살았던 혹은 멀리서부터 말달려온
단단한 현무암 같은 사람들이 지나간다
튼튼해서 아름다운 졸본 처녀를 그리워하던 내가
삼족오 깃발을 든 강인한 사내를 닮고 싶었던 내가
오늘 피 한 방울 섞이지 않은
만주족 사내를 그리워하는 것은
오래전 그가 처음 본 나를 반가워하던 것은
먼 옛날 추모왕이 세운 고구려의 첫 도읍 졸본성이
산성 홀승골성일 수도 평지성 하고성자성일 수도 있고
이곳과 저곳 모두일 수도 있기 때문이라고
굽이치는 혼강 바닥 깊이 잠긴

오래전 그가 나이고 내가 곧 그였던

아름답고 거대한 그리움 같은 것이라고 생각한다

발해 고궁지에서

　상경용천부 발해 고궁지 우거진 나무 그늘에 들어 바
람이 실어온 소리를 듣는다 요동에서 동모산성東牟山城
으로 서고성西古城으로 상경성上京城으로 동경성東京城
으로 그리고 다시 상경성으로 유전한 옛 고구려 사내들
의 함성 소리 탄식 소리 말달리는 소리, 함께 달린 말갈
인들의 채찍 소리 거친 숨소리 땅거미 내리는 여름 저녁
북만의 빈 벌판을 붉게 물들인다

　만주의 동쪽 삼강평원三江平原, 가도 가도 산은 없고
먼먼 옛날부터 차례로 흘러간 사람들의 그림자만 가득하
다 멀리 북으로 혹은 북서로 흘러 마침내 더 먼 북쪽에서
하나로 흐르는 아무르강 쑹화강 우수리강을 건넌 검은
그림자들 연길 화룡 왕청 훈춘 혹은 액목 돈화 동녕 영안
의 무수한 구릉과 분지에 드리운 신음 소리 울음소리

　하얀 수피 듬성듬성 벗겨지는 늙은 나무 홀로 선 북만
의 들녘 검붉게 물들고 고궁지 북문 밖 오솔길 따라 들꽃
들 환하다 오늘 밤 바람을 타고 아득히 먼 시절부터 북간
도를 석시고 흐른 눈물 많은 해란강을 찾아 그리운 사람

들 안부 밤새도록 물어야겠다

그들이 온다

고구려와 발해의 옛 들판에 왔다
거란의 들이고 여진의 벌이고 몽골의 벌판이었던

강물은 한결같이 남에서 북으로 흐르는데
이들은 하나같이 북에서 남으로 내려왔다

예맥 선비 숙신 읍루 흉노 돌궐이고
고구려 발해 요 금 원 청이었다

아무르와 우수리와 쑹화강을 건넜다
음산을 대소흥안령을 그리고 노야령을 넘었다

북에서 남으로, 동북에서 서남으로, 동에서 서로
수없이 흔들려도 끝내 말에서 내리지 않은 사내들

가도 가도 망망한 평원 멀리서부터 흙먼지 날리며 말
달려
마침내 전사가 된 거친 대륙을 호령한 그들이 온다

빈 들 가득 메운 잊히지 않는 얼굴들, 지워지지 않는 이름들

고주몽, 대조영, 야율아보기, 완안아골타, 테무친, 누르 하치 그리고……

압록강은 흐른다

1

협곡 위에 세운 환도산성에 올라
도저하게 흐르는 압록강을 내려다본다
국경을 이루는 푸른 물줄기를 따라
서북 집안集安의 넓은 평야
남동 만포滿浦의 산과 절벽
압록강은 흐른다

언제부터였을까
해가 다 저물 때까지 강 건너에는 인적이 없다
포곡식 산성 마루에 저녁 이슬 내리고
하루가, 한 계절이 비스듬히 기우는 시간
산골 깊은 텅 빈 흙집에 풀냄새 가득하다
주인 없는 고즈넉한 집에 들어
처마 끝에 장명등 밝히고
두터운 바람벽에 기대어
누군가를 기다리기 좋은 날이다

오늘, 밤 깊고 별 밝으면

돌무지 고분군에 든 수많은 옛사람들
늙은 소나무 백양나무 가래나무 아래로 모일 것이다
가파른 산마루에서부터 너른 들까지 가득 메울 것이다
부딪치고 엇갈리고 맴돌고 흐르는
멀리서부터 발원한 거센 물결
멀리 더 멀리 흘러가는 강
쑹화강 따라 눈강평원으로
아무르강 건너 아라사까지 나간 거친 함성과 억센 말
나는 귀 기울여 그 전언을 받아 적을 것이다

2

밤새 웅성이던 옛사람들 하나둘씩 돌아가고
새벽녘 홀로 잠 못 이루고 국내성에 들었다
통구하와 압록강이 합수하는 지점에서
압록강 물길을 거슬러 올라가며
이 강을 건넌 사람들을 생각한다
건너기 전에도 건넌 후에도
여전히 흐느끼고 엉엉 우는

변하지 않는 삶과 그 서러운 마음을 헤아리는지
강도 조금은 탁하게 흐른다

어느새 새벽별도 이울고
성터 따라 그을린 얼굴들이 모여든다
하나같이 검게 그을린 길고 갸름한 얼굴 위에
광대뼈가 튀어나온, 뺨이 홀쭉한, 입술이 얇은, 눈이
쭉 찢어진, 귓불이 두툼한 이들이
햇과일을, 메추리알과 오리알을, 가지가지 그릇과 비
닐봉지를, 형형색색의 옷가지를, 인삼 산삼 당삼 녹용 우
황 같은 약재를, 더러는 대대손손 내려왔을 골동품을
옹기종기 내어놓고 투박한 말투로 흥정을 건다
어느새 날이 밝고 흥성거리는 난전이 서고
강퍅하고 드센 사람들 사이로
압록강은 흐른다

나무들의 동거

백두산 서파로 오르는 초입
하늘로 치솟는 금강대협곡 울창한 원시림
장백송과 자작나무가 짝짓듯 나란히 늘어선
백두고원 키 큰 나무들의 거대한 혼성군락

자작나무의 해충을 장백송이 밀어내고
장백송의 해충을 자작나무가 쫓아내며
나무는 함께 숲이 된다
더러는 꺾이고 휘고 쓰러지지만
서로가 서로에게 기대며
나 아닌 너를 향해 끝없이 밀어내는 힘으로
모이고 품고 뒤섞여 숲이 되고 밀림이 되고
마침내 나무는 북방이 된다

백두산 야생화

이깔나무와 가문비나무, 사시나무와 낙엽송, 자작나무와 장백송이 뒤섞여 사는 군락을 지나 높이 더 높이 오르는 백두산 천지 가는 길

높이 오를수록 점점 작아지는 나무들 땅에 엎드려 힘겹게 몸을 지탱하고 휑한 고산초원이 수목한계선에 가깝다고 이곳이 여름 한철을 제외하고는 흰 눈에 덮여 있는 곳이라고 일러주는 길

거센 비바람과 눈보라의 뼈와 근육을 온몸에 새긴 앙상한 사스래나무들 쓰러진 듯 누운 듯 뒤틀려 마지막 작은 숲을 이루는 장엄한 길

나무는 더 이상 오르지 못하고 암석과 부서진 돌덩이만이 펼쳐진 고비사막 같은 고원에 더러는 홀로 더러는 무리 지어 흔들리며 움트고 흔들리며 피고 흔들리며 형형색색 번지는 꽃

금매화, 바위구절초, 바위돌꽃, 산용담, 비로용담, 분홍바늘꽃, 하늘매발톱, 참당귀, 궁궁이, 금방망이꽃, 화살곰취, 솜양지꽃, 쥐손이풀, 들분취, 껄껄이풀, 쑥부쟁이, 노랑만병초, 가슬송, 구름송이풀, 두메양귀비, 두메분취, 두메사운, 나도수영, 제비동자꽃……

여기서부터 북만北滿을 적시는 송화강이 흐르고
여기서부터 사철 맑은 압록강과 두만강이 발원하고
여기서부터 생명과 경계가 열린다고
천지의 물이 맨 처음 수직으로 떨어지는 비룡폭포 앞에
바위 틈새를 뚫고 붉은 들꽃 홀로 선명하게 피었다

II

나는 고려 사람이다

내 아버지의 아버지,
연해주에 처음 온 아버지는
가난과 굶주림을 피해 두만강을 건넜다
그는 얼어붙은 잠든 땅 연해주에 농지를 개간하고
가난해도 굶지 않는 조선인 마을을 세웠다
파란 눈의 사람들 사이에서 그는
경이로운 개척자였지만 내내 이방인이었다

다음 아버지 때 조국은 식민지가 되었고
더 많은 사람들이 연해주로 건너왔다
아버지는 항일독립운동에 뛰어들었다
국경을 넘나들며 싸운 독립군이었으나
블라디보스토크 신한촌 독립군 간 싸움에서
다른 편 독립군의 총에 목숨을 잃었다
조선독립군도 러시아군에 의해 해산되었다

그다음 아버지는 중앙아시아로 실려 왔다
며칠 동안 황급히 짐을 꾸려 일가족을 데리고
영문도 목적지도 모르고 시베리아 횡단열차에 올랐다

화물칸 너머로 연해주와 시베리아가 멀어졌다
달리는 동안 수많은 사람들이 죽어나갔다
그때마다 주검을 내려놓고 간 더 먼 곳에서
맨손으로 땅을 파고 갈대 덮은 토굴에 둥지를 텄다

아버지는 독일과의 전쟁에 소년병으로 지원했지만
적성민족은 군인이 될 수 없다고 했다
대신 집단농장의 영웅이 되기로 했다
수백만 평의 황무지를 옥토로 일구는 기적을 만들고
다시 수익금을 바친 끝에 영웅 칭호와 국적을 얻었다
대신 말과 글을 잃었고 회갑을 며칠 앞두고
말발굽에 가슴을 밟혀 집단농장 옆 묘지에 묻혔다

나는 러시아말을 배우고 대학을 마친 황색 러시아인
어느 날 소련이 해체되고 CIS 국가들이 독립국이 되자
일을 찾아 다시 이주의 길에 나서야 했다
우즈베크어를 모르는 나의 국적은 우즈베키스탄
거주지는 경기도 안산 러시아 마을 염료 공장 쪽방촌
내 아들은 직업을 찾아 모스크바 근처 어디에

늙은 에미는 타슈켄트 외곽 고려인촌에 산다

함경도에서 연해주로 그리고 중앙아시아로
다시 연해주로 모스크바로 서울로 유전하는 나는
나의 조국을 모른다
이리 떼 속에 살기 위해 더 강한 이리가 되어야 했던
빅토르, 콘스탄틴, 게오르기, 니콜라이, 소피아지만
대대로 김, 이, 박, 최, 정씨가 아닌 적이 없던 나는
가끔씩 소연방 시절을 그리워하는 고려 사람이다

우슈토베역*에서

갈대만 무성한 불모의 들판에 우두커니 선 간이역
하루에 한 번 시베리아 횡단열차가 멈춰 서는
이곳에서 그 거리와 그 시간을 어림한다
연해주 라즈돌노예역 화물열차에 실려 지나온
하바롭스크 치타 이르쿠츠크 크라스노야르스크
노보시비르스크 그리고 우슈토베
가슴으로, 온몸으로 시베리아를 건너온
사람들의 그림자 어른거린다

울며 떨며 서로를 부둥켜안고
몸을 실은 화물칸 틈새로
가난하지만 소박했던 조선인 마을이 멀어지고
바이칼호와 시베리아 벌판이 차갑게 지나가고
방향을 가늠할 수 없는 황막한 대륙
초원과 사막의 고비를 건널 때마다
멈춰 선 기차에서 수많은 주검들이 버려졌으리니
떨림과 두려움, 혹한과 굶주림 그리고
모래 폭풍 속 메마른 삶과 죽음의 고비에서
살아남음으로써 비로소 강해진

그 사람들 지금 어디에 있을까

다시 되돌아갈 수 없는
그 시간과 그 거리의 기억을 품은
인적 끊긴 역사를 지키는 홍송紅松 두 그루
가지들은 하나같이 먼 북동쪽을 향해 뻗고
삼키고 삼켜도 지워지지 않는 그리움이 된 슬픔
끝을 알 수 없는 빈 들에 멈춰 서 있다

* 1937년 9월 9일부터 12월 말까지 연해주에 거주하던 고려인 약
18만 명이 스탈린의 정책에 따라 중앙아시아로 강제 이주되었는데 이
때 한 달가량 화물열차에 실려 온 고려인들이 맨 처음 내려진 곳이 갈
대만 무성한 벌판 카자흐스탄 우슈토베역이다.

바스토베 언덕에서 듣다

1

나는 고려 사람 1세대 천 미하일다니엘로비치. 그해 가을 이곳 우슈토베의 바스토베 언덕에 왔을 때가 열두 살이었으니까 올해로 아흔 살이 되었소. 먼 동쪽 연해주 조선인 마을에서 왔소. 이젠 아슴아슴해서 그곳이 어딘지 기억나지 않소. 내 할아버지가 조선 어디서 왔는지도 모르오. 내 말씨가 함경도 어디서 온 것 같다 해서 그런가 보다 하오.

그해, 여름이 지나고 막 찬바람이 불기 시작할 무렵, 조선인들은 모두 짐을 꾸려 역으로 모이라는 통지를 받았소. 며칠 뒤면 먼 중앙아시아로 간다고 했소. 아버지는 돈 되는 건 뭐든 서둘러 처분하려고 했소. 가축을 팔았고 집도 팔아보려고 분주하게 움직였소. 어머니는 남은 가축을 잡아 소금에 절여 식량을 마련했고 볍씨를 비롯한 여러 작물의 씨앗을 챙겼소. 그리고 그날 군인들이 지키는 역에는 수십 량을 매단 끝이 보이지 않는 화물열차가 기다리고 있었소. 가축을 실어 나르던 컴컴한 화물칸을 두 층으로 나눠서 사람들을 짐짝처럼 밀어 넣었소. 화장실도 없는 구멍이 숭숭 난 화물열차는 시베리아 벌판을 달리며 차갑게 식어갔소. 몹시 춥고 배가 고팠소. 우리는

52

서로의 체온에 의지하며 점점 짐승이 되어갔소. 얼마 지나지 않아 추위와 굶주림과 질병으로 사람들이 하나둘 죽어갔소. 그럴 때마다 기차는 멈춰 섰고 낯선 군인들이 굳은 표정으로 시체를 들고 나갔소. 그 잠시 동안 산 사람들은 물을 길어오고 먹을 것을 구하러 다녔다오. 여섯 남매 가운데 둘째 넷째 동생도 약 한번 못 써보고 열차 안에서 죽었고 이름 모를 벌판과 사막에 버려졌소. 우리 열차에서만 그렇게 수백 명이 죽었소.*

2

가도 가도 벌판이고 구릉이고 사막이었소. 그렇게 한 달여를 달린 기차가 도착한 곳은 갈대만 무성한 황막한 우슈토베역이었소. 찬 서리와 거센 바람 속에 카자흐스탄 사람들이 남는 방이나 헛간을 내주기도 했지만 대부분은 몸 들일 곳조차 없었소. 우왕좌왕하다 누가 먼저랄 것도 없이 눈에 띄는 가장 가까운 언덕으로 향했소. 아버지와 나는 얼마 안 되는 가재도구를 짊어졌고 어머니는 동생 셋을 업고 안고 붙잡고 20리 거친 바람길을 걸었소.

그렇게 도착한 곳이 이곳 바스토베 언덕이오. 우리는

맨손으로 굴을 팠소. 손끝이 터지고 손톱이 빠져나가 피투성이가 되었지만 당장 몰아닥치는 칼바람을 피할 곳이 급했소. 토굴을 파고 돌을 주어다 구들을 깔고 갈대를 엮어 지붕을 덮었소. 다시 갈대를 베어다 불을 피우고 데워진 돌 위에서 추위를 면했소. 영하 30, 40도를 넘나드는 혹한, 그래서 더 춥고 더 배가 고팠소. 아무리 배가 고파도 어머니는 씨앗은 내놓지 않았소. 그 겨울 다시 많은 사람들이 굶어 죽고 또 얼어 죽었소. 그래도 어머니는 씨앗만은 절대로 내놓지 않았소. 그건 남은 자의 목숨이고 희망이고 미래라고.

혹독한 겨울이 수그러들자 사람들은 수로를 파 물을 끌어오고 갈대밭을 갈아엎어 논과 밭을 일구기 시작했소. 어머니는 자식들이 죽어가도 내놓지 않았던 씨앗을 그 땅에 처음 뿌렸소. 토굴에서 짧게는 1년, 길게는 몇 년을 살며 30, 40호씩 협동농장을 만들고 농사를 지었소. 거친 황무지에서의 벼농사는 이렇게 시작되었고 푸른 들판이 조금씩 늘어났다오.

3

그리고 70년, 나는 1남 3녀를 두었고 손주가 여섯이오. 큰딸과 셋째 딸이 이곳에서 같이 살고 있소. 손주들은 알 마티에서 모스크바에서 서울에서 돈을 벌고 있소. 내가 돌아갈 조국은 없소. 우릴 품어준 이곳, 부모가 묻힌 여 기가 이제 내 고향이고 삶의 터전이오. 그래도 이 언덕을 찾는 사람들에게 꼭 해주고 싶은 말은 꼭 통일을 이루어 강한 나라를 만들라는 것이오. 왜 아직 남과 북으로 갈라 져 있는지 모르지만 살아남아서 강한 자가 되는 그 슬픔 이 반복되어서는 아니 되오. 강한 나라의 평범한 백성이 얼마나 좋은 일인지 모를 것이오. 언제 다시 보게 될지 모르겠지만 오늘 찾아와주어 참으로 고맙소. 잘 가시오.

* 1937년 강제 이주를 전후해 숙청, 기근, 질병 등으로 사망한 고려인 은 9천 5백 명에서부터 2만 5천 명까지로, 강제 이주 과정에서의 유아 사망률은 60퍼센트에 달하는 것으로 추산된다.

사막에서 백두산 호랑이를 찾다

두 개의 사막을 가로지르는
시르다리야강 하류 오아시스 도시 크질오르다
홍범도 거리에
홍범도는 없다
철길 옆 딱집*이 있었다는데
그가 살던 집도, 집터도 간곳없다
원동에서 소련 주권을 위해 온 정열을 다해 투쟁한
전설적인 장군이자 카자흐스탄의 영웅
홍범도의 이름을 따서 지었다는 거리에는
삼수와 갑산, 무산과 종성
북만의 봉오동과 청산리 그리고 연해주를
호령하고 포효하던 백두산 호랑이도
대한독립군 총사령관도 없다
적막한 여름 하오 네 시
바람 없는 작은 사막 도시 거리엔
산발한 뽕나무 가지의 미세한 흔들림뿐

뭉툭한 눈썹 아래 거친 수염 날리며
시름 많은 땅과 맞서던 투박한 관서 사내는

첫번째 그날 이후
무장투쟁을 통한 독립의 꿈을 접고
연해주 협동농장의 필부로 초로를 보냈다
두번째 그날 이후
가장 덥고 건조한 사막 도시에서
먼저 보낸 아내와 자녀를 그리며
고려극장 야간 수위로 정미소 노동자로
왕래하는 이도 없이 쓸쓸히 노년을 살았다
백두산 천지를 뒤흔든 호랑이였지만
홀로 사막을 지키는 등대가 된 그 사람
해방을 두 해 앞두고 형형한 눈빛만 남긴 채
모래 폭풍 속으로 사라졌다

* 토굴 형태 움막집.

타슈켄트에서 조명희를 만나다

당신은 너무 멀리서 왔다
원동의 하바롭프스크에서 타슈켄트까지

나보이문학박물관* 3층 한 켠
녹슨 자물쇠 채워진
찾는 이 없는 좁고 허름한 방에
형형한 눈빛으로 덩그러니 남겨진
당신은 너무 오래 서 있다
짓밟힌 고려**를 떠나
붉은 깃발의 나라에 첫 망명 작가로 왔으나
죽음으로 항거했던 그 나라의 간첩 혐의로
총살당한 당신의
딸 이름은 조선의 아이, 조선아
아들 이름은 조선 사람, 조선인
필경 멀지 않아서 잊지 못할 그 땅으로
돌아올 날이 있으리라던 그러나
끝내 돌아오지 못한
당신은 내내 먼 길을 걸었다
너무 멀리 왔고 너무 오래 서 있다

인기척 없는 박물관 계단에 앉아 숨죽여 우는

한 사내가 있다

* 최초로 우즈베크어로 문학 작품을 쓴 우즈베키스탄 문학의 창시자
이자 정치가인 알리셰르 나보이(1441~1501)의 문학관으로 타슈켄트 도
심에 있다.

** 포석 조명희(1894~1938)가 1928년에 쓴 산문시 제목.

카레이스키 드리밍

오이도행 4호선 지하철 옆 좌석에 앉은
낯설지 않은 초췌한 초로의 사내는
카레이스키 미하일 박
할아버지는 북관에서
아버지는 연해주에서 살았다는데
먼 초원과 황토 내음 풍기는 그의 고향은 카자흐스탄

대흉년을 피해 두만강을 건너 연해주에 움튼 고려인
벌목장과 탄광과 철도 공사장에서 거친 숨 내뱉던 노
동자
어느 날 대륙 횡단열차에 실려 가 맨손으로 움막을 판
유이민
원동에서 시베리아 대륙을 건너 중앙아시아까지
끝없이 흐르는 가난과 수난과 유랑
그의 피에는 단단한 슬픔이 유전한다

3대째 만에 돌아온 조국의 품은
안산의 쪽방촌과 화학 염료 가득한 염색 공장
그리고 시급 4,860원이 주는 고단한 삶

이제 폐결핵으로 숨진 아내의 유해를 안고
알마타에서 볼고그라드로 다시 부유하는
자식들 곁으로 병든 몸 이끌고 돌아간다는 그 사람

가난을 피해 1백여 년을 떠돌았지만
끝내 떨치지 못한 검은 그림자
멈칫멈칫 지하철에 흔들리며
명치끝에서부터 아리게 저며 든다

직선 위에 사라진 것들

강가를 걸어본 사람은 안다
물길이 깊어지고 넓어지고 곧아진
그날 이후
직선 위에 사라지고 자취를 감춘 것들을

더 이상 흐르지 않는 강에는 여울이 사라졌다
수심 낮은 모래언덕에 몸 들였다가
물밑 자갈 사이를 재빠르게 오가던
눈망울 큰 흰수마자가 보이지 않는다
맑은 물 거친 여울을 역류하던
바닷물고기를 닮은 꾸구리도 없어졌다
너무 흔해 눈길도 주지 않던 퉁사리도
얕은 물에서 쉽게 붙잡던 미호종개도
하나같이 자취를 감추었다

수문이 열리면
모래와 자갈과 함께 휩쓸려 가거나
수문이 닫히면
오염된 물과 쌓이는 개흙을 피해

지류로 더 작은 지류로
힘들게 몸을 부려야 했다
크고 작은 돌 밑에 모래를 파고
알을 낳고 그 곁을 지키고
먹고 먹히고 잡고 잡히며
까마득한 시절부터 그렇게 살아온
그들의 집은, 그들의 강은 사라지고
그들도 그렇게 떠나갔다

다시 초록은 짙고 자운영 여전히 붉은데
멀리 굽이쳐 흐르는 유장한 강도
산란하는 물고기도 사라진
강둑 너머 수박과 참외가 썩어 버려지는
물 머금은 스펀지 같은 논과 밭

강물에 깃들어 살아온 사람들은 안다
깊어지고 단순해진 직선의 물길에서
영영 돌아오지 않을 것들을
끝내 잃게 될 것들을

가만있으라 제발

아직 손길 닿지 않은 옛 풍경의 강이 있다는
석간신문을 다 읽지 못하고 덮는다
남도 서쪽 강줄기 따라 난 습지는
오늘도 짙은 물안개 출렁이며 품어 올리고
아침볕에 노랗고 붉은 빛으로 꿈꾸듯 물든다는데
강물에 몸 담근 버드나무 군락에
여름 실은 강물 느리게 느리게 흐른다는데
강변의 풍경들이 수면에 드리울 무렵이면
꽥꽥거리며 멱 감던 아이들도
게으른 견지 낚시꾼도 하나둘
미루나무 그늘 아래 혼곤한 낮잠에 빠지고
강둑 초지엔 소들만 남아 풀을 뜯는다는데

모든 것이 일순 멈춘 듯한 이 강변이
회색 시멘트로 뒤덮이기 시작했단다
두 물줄기 합수하는 강둑이 파헤쳐져
곳곳에 선지피처럼 붉은 흙이 흐른단다
강변 습지에 콘크리트를 쏟아부어
물길 따라 사전거 도로를 낸단다

그대로 놓아둔다는 게 그리도 어려운 일일까*

멈춰라

그냥 놔둬라 제발

가만있으라,는 그 때가 바로 지금이다

*「손대지 않은 純正한 습지를 품었네」(『문화일보』 2016년 5월 25일
자)에서 인용.

재두루미와 울다

먼 남쪽 바다에는
동백꽃 홀로 피었다 후두둑 떨군다는데
양지바른 밭두렁에 초록물도 올랐다는데
먼 북관 마식령에서 발원한 물줄기 굽어 도는
혹한의 철원평야는 푸른 하늘만 시리다
여울이 사라져 꽁꽁 언 강줄기 여울목과
눈 쌓인 들판, 날이 저물도록 텅 비어 있다

잿빛으로 기우는 평원에서 왈칵 눈물을 쏟다
때로는 높게 더러는 낮게
날아오르고 흩어지고 내려앉는
그러나 단 한 번도 부딪치지 않는
아슬아슬한 새 떼들의 군무가 보고 싶었는데
돌돌돌 여울목 물 흐르는 물결 위로
산 너머 저쪽에서 이쪽까지
경계와 추위와 그늘을 박차고 비상하는
율무와 볍씨 좋아한다는 두루미 재두루미 무리의
자유로운 날갯짓이 보고 싶었을 뿐인데

빈 들에서 터진 울음은 멈출 줄 모르고
내가 기다리는 것이 무엇인지 끝내 알 수 없는
그리움과 정적이 뒤엉켜 깊어가는
녹슨 철조망 민통선 마을에서 맞는 어느 겨울밤

나 또한 괜찮아질 것이다

나는 안다
당신의 오랜 침묵 그 무늬를
하여 나는 초여름 대간大幹 기슭에 홀로 들어 있다
길섶 여기저기 더디게 온 봄꽃들 오래도록 멈춰서
계절과 계절, 낮과 밤의 경계가
무너지고 무뎌지는 불투명의 시간
종달새 부리 닮은 산괴불주머니
노랗게 무리 지은 노랑제비꽃 속으로
한없이 내려앉은 당신이 지워질 무렵이면
감자밭엔 하얀 감자꽃 가득할 것이다
한때는 소금실이 배와
금강송 가득 실은 떼배가 오르내렸을
그러나 바닥을 드러낸 강에서
갈라진 내 마음을 본다
이곳에 장마 지고 굵은 비 며칠 들면
군락을 이룬 버드나무 아랫도리 흥건해지고
앙다문 수문 마침내 입을 열어 토해낸
물은 다시 먼 길을 흐를 것이다
다시 산새들 울고

신갈나무 잎들 더욱 푸르러 숲은
또 한 번 짙게 우거질 것이다 그리고

나 또한 괜찮아질 것이다

그 노래가 불편하다

도심의 큰 절집 내 전통문화예술공연장
수십 년을 운동권 테너로 살았다는
한 가수의 첫 단독 콘서트
무대 위에 불이 꺼졌다가 다시 켜지고
그가 노래한다
　문상과 창밖, 꽃잎, 그날이 오면, 저 평등의 땅에, 황
색예수, 회귀, 후대에게, 떠나기로 하다, 그렇지요……
그가 잠시 쉬는 사이에는
노래를찾는사람들이, 대학 동창 영화배우가
우정을 담아 노래한다

　쫌, 귀 기울여달라고
　쫌; 잠시 멈추자고
　쫌! 그만하라고
　좀, 쫌, 쪼옴, 제발 쪼옴

불편하다
수십 년을 불러도 다시 또 불러도
달라시지 않는 노래가

달라지지 않는 사람이
달라지지 않는 세상이
뜨거워졌다 이내 식고 마는 가슴이
그래도 다시 따라 부르는
그 노래가 불편하다 많이 불편하다

메마른 나뭇가지에 걸린 바람만 몸을 떨며 우는
도심의 겨울밤
떨어지지 않는 노래의 잔영을 걸머지고
적막한 절집을 나서는
나는 불편하다

피아노맨

폐허가 된 거리에서 피아노를 친 사내*
다마스쿠스 외곽 팔레스타인 난민촌 거리
스물일곱 깡마른 청년이
손수레에 싣고 나온 낡은 피아노 건반을 두들겼다
그의 가족들이, 그의 친구들이, 그 거리의 아이들이
하나둘 피아노 주변에 모여 함께 노래를 불렀다

　　야르무크로 돌아와요.
　　당신 어머니 야르무크를 버리지 말아요.
　　당신을 기다리고 있어요……
야만의 그림자가 짙게 드리운 땅에서
굶주림과 질병, 폭력과 광기를 딛고
움츠러든 양심을 깨우던 피아노는
검문소 앞에서 IS 대원들 손에 불탔다

더 이상 피아노를 칠 수 없게 되었을 때
그는 영혼의 언어를 잃어버린 난민이 되었다
스승인 병든 아버지와 어머니를 두고
아내와 두 아이마저 중도에 돌려보낼 수밖에 없었지만
멈출 수 없었다 그는

몇 달을 걷고 또 걸어 도착한 땅
독일 국립 무대의 청중들 앞에서
다시 「야르무크의 노래들」을 연주하기 시작했다

그의 피아노 선율은 끝을 알 수 없는 기나긴 싸움의 서곡
그의 눈물은 우리의 부끄러움
그의 절망은 우리의 분노
그의 사랑은 우리의 슬픔
그는 야르무크를, 야르무크는 그를 그리워하는
그의 난민 생활은 여기서 다시 시작되었다

* 몸무게 45킬로그램에 불과한 27세의 시리아의 청년 아이함 아흐마
드는 오랜 내전으로 폐허가 된 수도 다마스쿠스 외곽 야르무크 거리에
서 피아노를 연주하며 참상을 세계에 알렸고 2015년 9월 16일 IS에 의
해 피아노가 불타자 난민이 되어 터키와 그리스를 거쳐 독일에 도착
하였다. 그해에 인권과 평화를 위한, 그리고 빈곤에 맞선 싸움을 위한
'국제 베토벤 상'의 첫 수상자로 선정되어 12월 18일 독일 본의 국립
예술갤러리에서 다시 「야르무크의 노래들」을 연주했다.

카페 DMZ

베트남의 마지막 왕조 도시 후에
바람도 지쳐 끈적이는 1월의 밤
카페 DMZ 낡은 탁자 위에
빈 술병들 순서 없이 쌓이고
낡은 유람선 늙은 악사의 단 다이* 선율에 실린
아오자이 차림의 나어린 소녀들의 노랫소리
붉은 흐엉강 따라 느리게 흘러간다
겨울과 여름, 반나절과 반세기가
겹쳐지고 뒤섞이는 이곳에서 나는
열대림을 가로지르는 북위 17도 벵하이강변과
인적 드문 북위 38도 철원평야를 번갈아 걷는다

비무장지대 지뢰밭,
고도시 주변을 쓸고 간 네이팜탄과 고엽제
들판에 쏟아졌을 총알과 포탄들
수많은 불발탄과 부서지고 흩어진 잔해들
그렇게 주검 위에 포연 자욱한 전선을 지난다

열대 고목들이 장엄하게 에워싼 왕궁

한탄강 너머 봄을 기다리는 빈 벌판,
그곳에 이전의 사람들이 있다
응위엔이고 뜨엉이고 호안이고
태식이고 달수이고 병훈이였던
승자도 패자도, 이쪽도 저쪽도 아닌
무거운 그림자로 남기 이전의 사람들
햇살 쨍하고 부서지는 슬픔 이전의 그 삶들

이 밤, 먼 길을 헤매고 서성인 끝에 만난
이제는 백발이 되어버린 혹은
영영 볼 수 없게 된 그 이전의 사람들을
텅 빈 카페 2층에 모두 불러 술잔을 돌리고
쌓여가는 사이공과 하노이 맥주병 대열에
대동강 맥주병과 하이트 맥주병들도
순서 없이 늘어놓고 싶은데 아니
다시는 가를 수 없도록 뒤섞고, 뒤섞이고 싶은데……
그 마을을 지키기 위해 파괴할 수밖에 없었다는
불가해한 그러나 끝내 떨쳐지지 않는 말들과
미명未明이 다 되도록 홀로 남아 대치하는

아직 끝나지 않은 나의 전선은

고도시의 카페 DMZ

* Dan Day. 네모진 몸통에 3현絃을 가진 베트남 전통 악기.

잠들어선 안 될 잠에 든 아이들

그날 이후 모든 것이 멈추었다
끝내 기적은 일어나지 않았다
너무 일찍 한꺼번에 바닷속에서 절명한 꽃들
나는 이제 더 이상 바다의 풍경을 볼 수 없다

촘촘히 박힌 작은 섬들 사이 시린 봄바다 밑
안전한 선실에서 대기하라는 말을 믿어버린
뒤집힌 선실에서 잠들어선 안 될 잠에 든 아이들
물이 점점 차오르는데 선체가 점점 기우는데
꼼짝 않고 가만히 간절히 기다린
미안해 혹은 사랑해라고 문자를 남긴
선실 창에 매달려 조류에 떠밀려 가는 희망을
망연히 바라보았을 겁에 질린 푸른 눈망울의
그 잔영이 지워지지 않는다
살아남아서 미안하다고 오열하는
살아남은 자의 슬픔을 너무 일찍 알아버린
살아남은 아이들의 울음에 명치끝이 아려온다

내 눈에는 너희들의 아름다운 그늘만 보인다

하여 운다
울고 또 운다
멈추지 않는 비극과 반복되는 야만 앞에서
뿌연 도심의 뉴스 전광판을 맴돌며 나는
밤늦도록 다시 흐느껴 운다

아이들아
너희들은 결코 미개하지 않다
사랑하는 아들아 딸아
너희 부모 또한 정녕 미개한 국민이 아니다
배를 버리고 아니 어린 너희들을 두고
먼저 탈출한 선장과 선원들이
낡은 배를 개조해 무리하게 운항한 속물자본이
유언비어가 춤추는 사회가
그것을 퍼 나르는 어른들이
푸르스름한 납덩이보다 더 무거운 덩어리로
차디찬 바다 밑에 가라앉을 때까지 아무것도 못 한
무능한 정부가 그런 나라가 미개할 뿐

울지 마라

내 아이들아

그래도 너희 곁에는 실낱같은 희망이 있었다

이것밖에 해줄 게 없다며 제 구명조끼를 벗어주고

마지막까지 구조에 힘을 쏟다

너희들과 함께 스러진 스물두 살 선원 언니도

너희들만 둘 수 없어서 먼 나라에 같이 간

영원한 선생님도 있다

내내 가슴 아프게 울며 기도하며

너희들을 위해 눈물 흘린 많은 사람들도 있다

아이들아

목 놓아 울려무나

서로의 좁은 가슴에 기대어

꼭 오늘까지만 실컷 울려무나

그리고 날 밝으면

예전에 그랬듯이

그곳에서도 다시 재잘대고 뛰고 환하게 웃으려무나

나의 아들아, 딸아

우리의 선장이 된 사람

2014년 4월 16일 아침 진도 앞 맹골수도

제 한목숨 살자고 선장도 선원도 도망친 침몰하는 배를 지킨 사람

미처 피어보지도 못한 수백의 어린 꽃들에게 마지막까지 손길을 내민 그러나 끝내 그 아이들과 함께 맹수처럼 거친 물살과 시린 파도에 영영 잠겨버린 사람들

급격히 뒤집히는 선내에서 구명조끼를 나눠 주고 어서 빠져나가라고 소리 지르며 뛰어다닌 단원고등학교 남윤철, 고창석 선생님

걱정하지 마, 너희들부터 나가고 선생님 나갈게,라는 SNS메시지를 돌리며 아이들 먼저를 실천한 최혜정 선생님

구사일생으로 갑판까지 나왔다가 친구들의 울음소리를 찾아 구조선 앞에서 몸을 돌려 다시 선실로 향한 양온유, 김지아 학생

사고를 가장 먼저 바깥세상에 알렸지만 차마 자신만을 위해 구명조끼를 입지 못한 최덕하 학생

입고 있던 구명조끼를 벗어 친구에게 주고 또 다른 친구를 구하기 위해 차가운 물속으로 몸을 던진 정차웅 학생

구명조끼를 학생에게 양보하고 마지막까지 대피를 도운, 학비를 벌기 위해 배를 탔던 스물두 살 앳된 여승무원 박지영 씨와 양대홍 사무장

잠든 동료 선원과 승객들을 깨워 탈출을 도왔지만 눈앞의 가장 사랑하는 사람을 구하지 못하고 다시 못 올 길을 함께 간 선상 커플 여승무원 정현선 씨와 아르바이트생 김기웅 씨

뒤집혀 가라앉는 배 속에서 서로 위로하고 안아주고 기대었을

기다려도 돌아오지 않는 사람

기다려도 다시 볼 수 없는 그 사람들

가장 절박한 상황에서 가장 귀한 것을 아낌없이 내려놓은

하여 우리의 선장이 되신

2014 여름, 광화문광장에서

　나는 기억한다

　그 이전과 이후의 모습을

　오른손에 장검을 든 이순신 장군이 지키는 세종로 좌
우의 가장 넓은 차도 위로 거침없이 내달리는 권위와 속
도를, 절대로 넘어설 수 없던 거대한 중앙분리대를

　오래된 나무들을 뽑아내고 새롭게 세종대왕 동상이
자리한 드넓은 광장으로의 변신을

　나는 안다

　분리대든 광장이든 끝내 변하지 않는 단절을, 번번이
부딪쳐 흩어지는 분노를, 뒤따르는 절망을

　나는 본다

　어느 날은 트인 광장이었다가 어느 날은 거대한 분리
대가 되고 어느 날은 고장 난 확성기가 되는 아니 그것들
이 하루에도 몇 번씩 교차하는 광장의 불가해한 모습을

　하여 나는 때때로 광장에서 길을 잃는다

　먼 남쪽 바다에 한꺼번에 절명한 꽃들을 잊지 말라고
절대로 잊어서는 안 된다고

　그 침극의 진상과 이면의 진실을 밝혀달라고 아니 밝

혀야 한다고

　살아남은 아이들이 서른 시간을 넘게 걸어서 눈물을 흘리면서 다녀갔다는데

　광장의 남쪽, 비에 젖은 천막에는 여전히 노란 리본이 애처롭게 흩날리고

　어미들은 곡기를 끊었다는데

　단식 46일, 한 아이의 아버지는 점점 미라가 되어간다는데

　그보다 더 앙상한 말과 시간은 회색 콘크리트 광장을 맴돌다 곤두박질치고 처박히고 더 깊은 곳으로 침몰한다

　우크라이나 상공을 날던 민간 항공기가 미사일에 격추되어 수백 명의 영혼이 하늘을 떠돈다는데

　암스테르담 광장에는 슬픔에 젖은 하얀 풍선이 하늘을 가득 메우고 희생자 수만큼의 비둘기가 하늘을 날았다는데

　한 달이 훨씬 더 지났어도 아직 많은 시신을 수습도 못 했다는데

　우크라이나 정부군과 친러 반군의 교전은 계속되고

국제조사단은 현장에 가보지도 못하고
진실은 미궁 속으로 깊이 더 깊이 추락한다

새 교황이 취임하고 아시아에 처음으로 다녀가셨다는데
한여름 광장을 가득 메운 17만이라고도 하고 20만이
넘는다고도 하는 사람들 사이에서
텔레비전과 인터넷이란 사자굴 앞에서
몸을 낮추고 낮은 데서 더 낮은 자세로
세월호 유가족들에게, 위안부로 끌려갔던 할머니들에
게, 삶의 터전을 빼앗긴 강정 마을과 밀양 송전탑 주민들
에게, 장애를 가진 사람들에게, 해고된 사람들에게, 상처
받고 역경에 처한 사람들에게 다가가서
멈추라고 잠시 멈춰 서서
손을 내밀고 입을 맞추고 볼을 비비면서
눈길을 건네고 손을 내밀라고
그리고 마음의 문을 열고 대화하라고 용서하라고
그러나 깨어 있으라고 잠들지 말고 깨어 기억하라고
바로 그곳에 성자가 있다고 하셨다는데

팔레스타인 가자 지구에는 오늘도 수많은 포탄과 총
탄이 날아들어 사람들이 죽어간다
　그제도 어제도 오늘도 하루에 수십 수백 명씩 벌써
2천 명이 넘게 죽었다는데
　계속해서 영문도 모르고 날마다 어린아이들이 죽어가
고 있다는데
　이제 도시에는 쥐가 숨을 구멍마저도 없다는데
　중단하라고, 제발 멈추라고 절규하고 애원한다는데
　날마다 포탄은 불꽃처럼 날리고 하루 혹은 며칠짜리
휴전이 간신히 이어졌다 끊어졌다를 반복한다는데

　이 땅에서 머리털이 반백이 되기까지 어지간히 단련
된 것 같은데
　나는 여전히 광장에서 길을 잃고 서성인다
　부끄러움에 가슴으로 흐느끼며
　그날을 잊지 말자고
　결코 잊어서는 안 된다고 다짐하면서도
　어느새 조금씩 가라앉고 점점 느슨해져가는 슬픔을
　그 마음과 그 기억을 부여잡고 묻는다

그날 아침
너는 어디에 있었느냐고 아니
그날 이후 내내 무엇을 했느냐고
나는,
우리는

남은 사랑을 끝내야 할 때

시린 봄부터 여름 가을 겨울
그리고 많은 날들까지
멈추지 않는 눈물과
더는 흐르지 않을 눈물 사이에서
내가 배운 것은
참는 것
견디는 것
기다리는 것
침묵하는 것
무심해지는 것
괜찮아,라고 말하지 않는 것
괜찮아질 거야,라고 믿지 않는 것
그렇게 다시 그렇게
먹먹한 가슴에 슬픔을 재우고
돌이 되는 것 그리고
힘들게 내밀었던 손을 거둬들이고
남은 사랑을 접는 것
단호하게 그렇게 끝내는 것

그늘의 끝과 시작

남쪽에서는 매화가 움텄다고 하고
동쪽에서는 연일 폭설이 내린다는
봄날
나는 서쪽 부드러운 구릉 몇을 돌고 넘어
오래전 패망한 왕궁 터가 있다는
들길을 더듬는다

능선은 순한데 길은 깊고
볕은 화사한데 바람은 차고 분분하다

웅장한 목탑이 있었다는 빈 절터
오랜 바람과 서리를 몸에 새긴
석탑의 한 부분이었을 것 같고
석등의 한 토막이었을 것 같고
혹은 왕궁의 주춧돌이었을 것 같은
과거를 어림할 수 없는 돌덩이들이
가슴 한 켠을 묵직하게 누르는 저물녘
고샅길 여기저기 움푹 패어 언 땅은
진창이었을 상처를 보듬고 있다

저녁 뉴스의 두번째 소식은

티베트의 백열번째 분신자는

승려도 라마도 아닌

열다섯 살 난 소년과 세 명의 여자아이를 둔 엄마라고

감정 없이 전하는 아나운서의 목소리 너머로

칭짱[靑藏]고원에서 만난

여인의 소박한 얼굴이 어른거린다

어느새 사선으로 기우는 햇빛에 붉게 물드는 눈시울

차창 안에 드리운 푸른 침묵의 그늘이

고원의 흐느낌으로 번진다

이 들길에서 혹은 고원에서 마주친

가늠할 수 없는 울음의 끝과 시작

사라짐을 막기 위해 제 몸을 먼저 사르는

그늘 깊은 시작과 끝

III

암전

얼마 남지 않은 도심의 미로 같은 골목
익선동 어느 어귀에서 을지로까지
그 겨울 마지막 날 우리는 말없이 걸었고
그 침묵의 파동과 무늬를 느낄 수 있었다
을지로에는 을지문덕이 없다고 객쩍게 웃으며
신축 빌딩 앞 작은 자작나무숲에서
한참을 서성이다 긴 포옹을 나누었다
야윈 자작나무와 핏기 없는 우리 얼굴이 닮았다고
한 번 더 멋쩍게 웃은 다음
우리는 각자 다른 방향으로 가는
그해 마지막 순환선 지하철 탑승구로 향했다
같은 원을 서로 다른 방향으로 도는 두 삶이
서로의 몸속 가장 깊은 곳을 지날 무렵
암전이었다

너는

비에 젖은 통영에 가서 얼마간 머물고 싶다고 했다
너는
날이 춥고 바람 차다고 옷을 단단히 입으라고 했다
나는

바람을 갖지 않으려고 했는데
그게 어렵다고
한꺼번에 울지 않기 위해
아침부터 조금씩 나누어 울었다고 이제
더 이상 소리 내어 울지 않기로 했다고
너는
젖은 나무껍질 냄새가
몸 구석구석에 배어 지워지지 않는다고
아직 잎새를 다 떨구지 못하고
우두커니 겨울을 맞는 나무 한 그루에
나,라고 이름 붙였다고 했다
너는

미세먼지 가득한 연무에 싸인 겨울 도심 공원

걸음마다 마른 잎새가 바스락거리며 내려앉았다
멀리 왔다고 되돌아가기엔
너무 멀리 왔다고
조금은 쓸쓸한 것도 괜찮다고 했다
나는

너는, 나는
많이 싸웠어야 했다
불확실한 위험과 시련에서
등 돌리지 말고 도망치지 말고
그 차오르는 말들올
그 세세한 기억들을
그 기적 같은 감정을 지키기 위해
한때 가까웠던 우리는
더 많이 더 열렬하게 싸웠어야 했다

아무 데도 없으나 어디에나 있는
너라는 깊고 큰 구멍

가난한 사람들의 마을에서

너를 보내고
아무 일 없는 듯이 몇 날 며칠을 보냈다
검은 글자가 기괴하게 움직이는 책장을 넘기다가
마음이 가난한 사람들이 사는 마을에 왔다

먼 설산의 눈 녹은 물줄기가 호수를 이루고
다시 물길이 열리는 강어귀의 마을
멀리서부터 물길을 따라온 바람이 안내한
지붕 낮은 집 작은 창문 앞에 멈춰 서서 나는
이 마을 사람들의 어진 마음을 헤아린다
펑펑 내리는 눈과 푹푹 쌓여가는 어둠
먼 곳에서부터 여행자를 실어 날랐을
고단한 당나귀 방울 소리, 울음소리 잦아들고
어느새 인적 끊긴 밤은 점점 깊어가는데
하얗게 쌓이는 눈을 온몸으로 받아내며
가장자리에서부터 중심을 향해 조금씩 얼어가는
어둡고 깊고 아름다운 호수를 보며 나는
당신이 감추어둔 슬픔을 찾아 서성이다
혹한의 빙야와 혹서의 마른 초원을 홀로 지킨

미루나무가 비워놓은 깊은 그늘을 생각한다
그 마음과 기다림의 숨결이 이러했으리라고

선암사에서

길고 깊었던 겨울의 끝이 아련하거든
꽁꽁 얼었던 개울도 조금씩 녹아
붉은 낙엽 실은 눈석임물 흐르거든
남도 선암사에 가서야 합니다
자욱한 안개 갈대밭도 순천만도 다 삼킬 듯한
겨울도 봄도 아닌 그 사이 어느 날
마른기침을 토해내는 오래된 산사
무심히 무리 지어 있는 편백나무숲
그 고요 그 침묵에 귀 기울이셔야 합니다
지난가을 끝자락 금목서 향기 다 잊히기 전에
무우전 담벼락에 고매화 나른하게 피기 전에
조계산 굴목재에 연초록 오르기 전에
젖은 나무 연기 잦아드는 저물녘
고즈넉한 침묵을 그 쓸쓸함을
밟으시려거든 이곳에 오셔야 합니다
천년 절집의 들머리에서부터
아득히 먼 곳에서부터 밀고 올라오는
그렁그렁한 숨소리, 말간 민얼굴
당신 닮은 계절이 그곳에 있습니다

그곳에서 당신은 다시 나의 봄이 됩니다

그 사람

꽃 피네
꽃이 피네
꽃 진 자리마다 숨 돌릴 새 없이
꽃 진 자리에 다시 꽃 필 새 없이
시새운 매화 개나리 진달래 벚꽃 목련
뒤섞여 꽃그늘 가득하네
지난밤 동쪽 산령山嶺엔 큰 눈 내렸다는데
산맥 아랫마을에 눈 수북이 쌓였다는데

꽃 지네
꽃이 지네
피는 일도 지는 일도 한순간
꽃 핀 자리에 다시 꽃 분분히 지고
후드득 멀어져간 그 사람 흉터로 남네
그 사람 이르게 왔다 이르게 가네
먼 남쪽 절집 키 큰 산목련 흰 꽃송어리
홀로 봄밤 밝힌다는 화신 아직이라는데

봄, 철원평야

흘러 지류가 지류를 만나고
마침내 본류와 몸을 섞는
임진강변 주상절리 절벽 아래
강바닥은 높아지고
세찬 여울을 이루며 몸서리치는 눈석임물에
잠시 바짓가랑이 걷고 드니
더러는 아련하고 더러는 선명하다
검은 평원과 구릉과 협곡을 가르고 흘러온
무수한 물과 바람과 그것이 실어 온 상처들
텅 빈 철원평야 녹슨 철조망에 붉게 걸려 있다
켜켜이 쌓인
세월과 풍경의 상흔들, 그 매듭들

삭풍에 흔들리던 갈대
마른 몸 뒤척이며 쿨럭이고
겨울을 난 철새들 무리 지어 날더니
멀리서부터 굽이쳐 온 강물에 잠긴
버드나무 가지 끝에 설핏 봄물 올랐다

종려나무 그늘

날마다 당신 때문에 울고
당신 때문에 웃는 내가
종려나무 줄지어 숲을 이룬
남쪽 바닷가 언덕에 앉아
다시 당신을 기다린다
붉게 물드는 해 질 무렵의 바다
멀리서 느릿느릿 드는 낡은 고깃배 한 척
닻배 봉기鳳旗에 오방기 매달고
만선을 알리는 풍장소리 들리는 듯하다
상고선商賈船 다녀간 뒤 고깃배 들면
포구에 시장 서고 물고기 펄떡일 것이다
그렇게 해풍 몇 번 들고 나면
겨우내 언 마늘밭에
실핏줄 같은 뿌리 단단히 내린 초록 오르고
가을보리밭 푸르게 일어나
잠든 어촌마을을 흔들어 깨울 것이다

다 비우고 다 털어낸 줄 알았는데
내일은 해안도로변 동백꽃
북북, 삭혈하겠나

오월의 그늘

오월의 숲에서 그늘을 보네

어느새 꽃은 지고

나무들 푸른 수액을 내뿜는

긴 하루가 머물렀던 자리에 남아

서먹서먹하게 기우는 저녁의 고요

거울이 있고 숲이 있고 당신이 있네

손 내밀어 더듬어도 끝내 닿을 수 없는

나를 닮은 빈손의 당신

초록이 무성할수록

짙어가는 결핍의 농도를 생각하네

역광 속에 뿌옇게 흩어지는

지난 계절의 흔적들

무성한 그늘 아래 몸 부리는

바람이 속삭이는 전언

아, 떨칠 수 없네

나는 너무 오래 서 있었다

다시 한 사람이 가고
더는 보낼 것이 없는
텅 빈 여름날 오후
덩그러니 남은 슬픔의 그늘
성채처럼 견고하다
그 사람 떠난 자리마다
더디게 흐르는 단단한 고요
오랜 침묵의 틈새로
가녀린 바람 한 줄 속삭이더니
푸르던 잎새 하나 고개를 떨군다
생각해보니 웃어본 지 오래다
몸서리치며 울어본 기억 또한 아득하다

그 여름부터 다시 여름까지
나는 너무 오래 서 있었다

겨울 강

바람도 얼어붙은 날
눈 쌓인 계곡과 벌판을 흐르는
겨울 강의 수심을 알고 싶다
저 중심에도
겨우내 크고 작은 눈발 분분히 날리고
날 선 혹한도 수없이 다녀갔으리라
멀리 외등 아래 흔들리는 강촌 마을
깊고 푸른 침묵에 들고
흘러 더 푸른 겨울 강의 물빛
강가의 늙은 느티나무 앙상한 가지에 걸려
비로소 흐느껴 운다

저 산맥 너머 어디선가 발원하여
쉼 없이 솟아오르는 맑은 슬픔
차마 얼지 못하고 흐르는 겨울 강
오늘 밤, 그 깊은 수심과 몸을 섞고 싶다

해바라기

오래된 메일함을 정리하다
미처 지우지 못한 아니 지워지지 않은
당신의 흔적들을 봅니다

나 때문에 서성이고
나 때문에 잠들지 못하고
나 때문에 소리 없이 울어야 했던
착한 해바라기 당신

끝내 답신을 받지 못했을 메일들을 보며
뒤늦게 답장 몇 줄 쓸까 망설이다
이내 남겨진 상흔들만 하염없이 바라봅니다

그 두근거림과 떨림은
이제 화석이 되었어도
나는 당신에게, 당신은 나에게
한때 더없이 좋은 사람이었을 텐데……

나 오늘 그때의 당신 그 마음 되어
지우지 못한 아니 지워지지 않은 것들을
아프게 어루만지고 오랫동안 되새깁니다

폐사지에서

흐르는 두 강이 마침내 몸을 섞는 곳
강기슭엔 흥성했던 시절의 소문만 무성하다

예 어디쯤 나루가 있고
세선稅船 들고 나던 조창租倉이 있고
흥성거리는 저자가 있었을 텐데
울며 기약 없이 간 어린 왕의 길이
빈 들 너머 어디 있을 텐데
꿈을 접은 혹은
세상을 피해 숨어든 사람들의
수척한 시간들과 검은 이야기들
강물에 실려 무심히 흘러갔을 것인데

먼 곳에서부터 더 먼 곳으로 흘러가는
그늘 깊은 말들은 낡은 쪽배에 걸려
겨울 강 둔치에 맴돌고
옛 절터 늙은 느티나무 앙상한 가지가
텅 빈 매운 하늘을 떠받치고 있다

폐사지 오래된 우물이 천년 넘게
조금씩 가두었다 조금씩 흘려보내는 물길에
내 안에 웅크리고 앉아 좀체 지워지지 않는
슬픔 하나 슬그머니 두고 왔다

사랑 이후

그 길을 걸어본 사람은 안다
한때는 단단했으나 조금씩 녹아
어느새 부유하는 유빙의 위태로운 미련을
뙤약볕 아래 홀로 남아 끝내 시들고 만
풀 한 포기, 그 불모의 고요를
잠 못 드는 밤
격랑이 일고 폭풍이 지난 뒤의 폐허를
그 후에 밀려오는 것들을

낮과 밤의 길이를 몸으로 느낄 때 마침내
꽃을 피우는 식물들의 광주성光週性처럼
빛과 그늘의 길이를
그 분계를
아슬아슬하게 혹은 아프게
넘나들어본 사람만이 안다
사랑은 빛의 길이에 따라
오고 또 가는 것임을

강의 기원

1

청은색 작은 물길이 황하를 연다
커다란 두 호수를 갈라놓은
하늘과 가장 가까운 칭짱고원에 솟은 산*
울며 거친 숨 쉬며 당번고도를 걷던 문성공주
여기 어디서 토번의 손챈감포를 만났을 텐데
히말라야를 넘어온 철새들
다시 강의 기원을 어림한다

2

나무도 풀도 자라지 않는 고원
간간이 룽다와 오색 타르초만 나부낀다
들꽃들 무리 지어 손 흔드는
인적이 닿지 못한 거칠고 너른 골짜기
낮에는 햇빛이 밤에는 별들이 머무는
수많은 늪과 못과 호수들
더러는 흐르고 더러는 고이고 더러는 스민다

3

다시 남과 북과 서로 갈라지는 지류
성숙해星宿海를 거슬러 온 두 사내도
잠시 길을 잃고 몸을 부렸을
쿤룬산맥의 가장 깊은 속살
바옌카라산맥** 북쪽 기슭
카르취에 최초의 물줄기
여러 개의 샘물로 솟아 흐른다

4

호소湖沼에 들었던 해도 기울어
수천 갈래의 빛으로 젖어들고
산으로 강으로 끝없이 이어지는
잠들지 않는 고원의 시간
나는 얼마나 더 가야
발원에 닿을 수 있을까
굵은 눈물 훔치고 몸 들여 기댈 수 있을까

* 중국 정부는 황하의 발원지로 청해성 마뒤[瑪多]현의 짜링호[扎陵湖]와 어링호[鄂陵湖] 사이에 있는 해발 4,610미터의 바옌랑마산[巴颜郎马山]을 지목하고 이곳에 야크 뿔을 형상화한 우두비牛頭碑를 세워놓았다.
** 황하는 청해성 쿤룬[崑崙]산맥의 지맥 바옌카라산맥[巴顏喀拉山脈] 북쪽 기슭 카르취[卡日曲]에서 발원한 것으로 알려져 있다.

황하 黃河

흘러 강이 된다
바옌카라산맥 북쪽 기슭에서
작은 샘들이 이룬 물길
흘러 더 멀리 흘러 강이 된다
큰 강이 된다
작은 지류들이, 수많은 작은 물줄기들이
만날 때마다 울며 소리친다
굽이치고 역류하고 범람하며
멀리 더 멀리 흐른다
쿤룬산맥 만년설과 빙하,
청해호와 호구폭포,
붉은 고원과 초원과 고비를 넘은 평야
마침내 황금빛으로 붉게 더 붉게
저물녘 바다를 물들이는 거대한 강
대륙을 적시며 가로지른
삶이고 운명이고 문명이고 역사인
어머니의 강*

* 중국인들은 황하를 '어머니의 강母親河'이라고 부른다.

성숙해星宿海

수목한계선 너머 하늘과 가장 가까운 고원 마을
밤새 굵은 울음을 토하던 여름비 멎다

저만치 달아난 구름 사이 펼쳐진 푸른 평원
들풀들 푸르게, 풀꽃들 들꽃들 색색으로 번지다

오색 타르초 날리는 인적 없는 언덕
장영양 야생야크 새앙토끼 흑경학 무리들 뛰놀다

협곡을 지나 거대한 고원 분지에 든 첫 물줄기
호박湖泊을 싸고돌며 수천의 못과 호와 늪에 들다

오늘 밤, 붉은빛으로 덮였던 고원에 어둠 깊으면
별들 앞 다투어 호소湖沼에 내려 몸 담그겠다

칭짱고원을 호령했던 그 사람 뿔 달린 말 달려
별빛 일렁이는 꽃호수 건너 깊은 잠 깨우겠다

고원을 건너 쿤룬산맥을 넘은 바람
타클라마칸이나 고비사막 어디쯤 길을 잃고 헤매겠다

잠들지 못하는 사람

긴 강의 맨 처음 기억을 품은 고원 마을의 여름밤
고단한 삶과 시간이 뒤엉켜 잠들어 있다
수많은 별들도 성숙해에 잠든 태아의 시간
짜링호와 어링호를 지키는 황하 우두비牛頭碑
화살터에 활 쏘고 말달리는
잠들지 못하는 검은 얼굴 그 사람 있다

나무 한 그루 풀 한 포기 없는
바위산과 검은 고원

들꽃들,
하얗게 노랗게 붉게 더 붉게
피고 지고 번진다

나무들,
군락을 이루고
무성한 숲이 되는 꿈을 꾼다

바람,

불어 황토 모래 위에 물결 문양을 그리고
산맥을 넘어 사막으로 건너간다

청은색 맑은 물줄기,
더 깊어져 격류하고 더 굽이져 역류하다
마침내 탁류가 되어 멀리 흐른다

고원의 사람들,
룽다를 뿌리고 타르초를 매달고 향을 피우고
물과 풀을 찾아 떠돈다

그 사람,
마르지 않는 슬픔과 절망을 삼키고
끝내 잠들지 못한다

토번이었고 티베트였으나
먼 피안이고 차안이 된
검붉은 고원에 서서
끝끝내 잠들지 못하고

소리 내어 우는 그를 찾아

멀리 오르도스 붉은 황원荒原을 건너온

짧은 여름 같은 사내가 있다

IV

해 질 무렵*

그림자는 조금씩 길어지고
그리움은 조금씩 짙어지는
더 이상 낮은 아니고 아직 밤도 아닌
사이의 시간
골목 가득 재잘거리던 아이들 소리 잦아들고
새들도 일제히 솟구쳐 하늘 높이 날았다가
다시금 제 자리를 찾아 내려앉는
누군가는 떠나고 누군가는 돌아오는 시간
너는 멀리 말이 없고 나는
그 시간과 거리를 헤아린다
인석 끊긴 비포장도로에 붉은빛 비껴들고
털털거리며 떠난 것들이 남긴 뿌얀 먼지 속에
키 큰 느티나무 한 그루 우두커니 서 있다

* 황석영의 장편소설 제목에서 인용.

맨발의 탁발

붉은 장삼에 가사를 두른
까까머리 동승 한 무리 줄지어 간다
종을 흔들고 발우를 품은 맨발들
그렁그렁한 커다란 눈망울
어린 송아지 떼가 줄지어 길을 건넌다
흑백필름이 느리게 흘러가다 일순 멈춘다
양곤의 외곽, 국제공항 가는 길목
뒤엉킨 낡은 차들도 사람들도
잠시 멈추고 길을 연다

전생前生 같기도 내생來生 같기도 한
발우 품은 맨발의 어린 내가 종종걸음 친다

122

횡보가 돌아왔다

무애, 잘 지내고 있는가. 그간 격조했네.

내가 「만세전」의 전신인 「묘지」를 발표한 그해 이래, 그러니까 기상관측이 시작된 후 처음으로 봄꽃들이 한꺼번에 만개했다는 3월이 끝난 다음 날 내게 만우절 같은 일이 일어났네.

가림막이 젖혀지고 하얀 천이 벗겨지더니 많은 낯선 사람들이 나를 에워싸고 있더군. 그중에는 나를 빼닮은 그러나 어느새 칠순이 넘은 작은딸이 촉촉이 젖은 눈으로 날 물끄러미 보고 있고 키가 훤칠한 작은 손자 녀석이 카메라를 메고 사람들 사이를 분주히 오가고 있었네. 화창한 봄볕 아래 바람이 불 때마다 벚꽃잎 눈처럼 날리는 오후였네. 둘러선 사람들이 박수를 칠 때마다 웅성거릴 때마다 서성일 때마다 화사한 꽃잎이 축복하듯이 날리고 또 날리더군.

무애, 자네도 알다시피 내가 죽은 지 30년하고도 몇 년이 더 지나 종묘공원광장으로 불려 나와 노인들과 한담을 나누고 담배도 피우며 새 여생을 살았었네. 그러다가 영문도 모르고 삼청공원 약수터 앞으로 이사를 했고 그 후론 내내 외롭고 쓸쓸했네. 그런 내가 광화문에 돌아온 거네.

　무애, 내가 나고 자라고 글 쓰고 자네를 비롯한 여러 문우들과 오가던 그때의 종로와 광화문을 기억하는가. 수많은 기억들과 피맛길은 사라지고 이제는 많은 사람들이 오가는 가장 큰 서점 교보문고 입구, 그곳으로 먼 길, 먼 시간을 돌아 마침내 귀환한 거네. 길 건너엔 광화문우체국과 동아일보사가, 그 건너엔 조선일보사가 그리고 정동 언덕 너머로 경향신문사가 보이네.

　시끌벅적한 이전제막식이 끝난 오후, 봄볕 아래 여러 사람들이 내 곁에 오고 또 갔네. 잠시 기대어 다리를 쉬던 중년 사내가 가고 엄마 손을 잡고 온 작은 아이가 내 곁에 앉아 한참 책을 보다 갔네. 저녁 어스름엔 교복을 입은 아이들이 기웃거리고 깔깔대고 물끄러미 살피더니 나를 끌어안고 사진을 찍고 갔네. 간만에 행복했던 하루가 저무네. 그 어린아이와 엄마도, 재잘거리던 그 녀석들도 오늘 내 마음 같았으면 좋겠네.

　무애, 동경의 하숙집 시절을 기억하는가. 원고료가 생기면 이내 탈탈 털어 밤새 통음하던, 돈이 떨어지면 며칠이고 꼼짝 않고 누워만 있던 그 궁기의 시절을. 갈지자로

걷던 내 옆걸음이 술이 거나해서 비틀거리는 것만이 아니었음을. 가파른 세상과 시대를 향해 그렇게라도 걷지 않으면 안 되었던 소심하지만 삐딱한 저항을.

무애, 오늘밤 광화문으로 오게나. 오랜만에 중학천 건너 피맛골에 들어 밤새도록 한잔하세. 오는 길에 청계천 광통교 건너 공애당약방에 들러 구보도 데려오게. 혹 육당이나 춘원을 만나거든 같이 와도 좋네. 오늘은 기분 좋게 취해 다시 한번 종로를 지나 광화문 네거리를 옆걸음으로 걸어보려네. 내 소심하고 삐딱한 옆걸음이라도 필요한 시대라고 오랫동안 귀엣말을 나누고 간 안경 낀 청년의 청을 들어주려네.

　　　　　　　　　—2014년 화사한 4월 첫날 오후 횡보

벽화 마을

잘못 든 옛길 끝에서 벽화 마을을 만났다
후드득후드득 호박잎 위로 지나간
마른장마를 적시는 빗방울 따라
흥성했던 기억을 담은 돌담장 뒷길로 들었다
처마와 처마가 잇닿아 무리 지은
여남은 채 남짓 인적 없는 마을
빈 마당에 개망초 가득하고
담쟁이덩굴 뒤덮은 키 낮은 흙담 아래
나팔꽃, 능소화 뒤섞여 피고 진다
한때는 수없이 흘러오고 머물고 또 흘러갔을
마을의 옛 그림자들 어른거린다
산비탈 묵정밭 너머에서 너른 들길로
오고 가던 버스들이 잠시 숨 고르던 정류장 혹은
먼 물길 따라 짐 실은 배가
들고 나며 머물던 천변의 작은 나루
그렇게 수많은 사람들이 흘러오고
머물고 또 흘러간 기억만큼이나
낡은 벽화가 된 풍경이
해바라기하며 우두커니 서 있다

때론 심심하게 때론 무던하게
대대로 이어왔을 이 마을의 내력을
기억하는 이는 어디에 있을까

미래의 책

아이들은 더 이상 책 속에서 길을 잃지 않는다
횡으로 종으로 혹은 행과 행 사이
새까만 활자들의 관계 맺기와 의미망 속에
잠들지 못하는 밤을 경외하지 않는다
책장을 펼치기 전의 작은 떨림도
가지 않은 길을 여는 머뭇거림도 없다
등잔불에서 백열등 수은등 형광등 LED등까지
어둠 아래 유구하게 이어지던 종이와의
날 선 동거는 책 속에 깊이 잠들어 있다
아직 가지 않은 길 어귀에서의 서성임
방황 속에서 마침내 길을 찾는 기쁨은
이제 먼 기억 속 전율로 희미하게 남아 있을 뿐
미로 같은 QR코드를 생성하면
더 선명하게 더 현란하게 열리는 디지털 세계
아이들은 더 이상 알파벳 순서를 외우지 않는다
읽지 않고 본다
찾지 않고 검색한다
계속해서 링크한다

잃어버린 활자를 찾아서
구글의 바다에서 프루스트가 헤엄쳐 나온다
책이여, 이제 안녕!

모래 광장

사막과 초원을 가르는 두 강이 있고
그곳에 푸른빛의 도시가 있네
누구도 정주하지 못했던 모래의 땅
레기스탄 광장*에서 한 사내를 보네
유구한 유목과 행려의 삶을 멈추고
마침내 정착했으나
불구가 되어서도 정벌을 멈추지 않은
결코 머무르지 않은 사내
종심의 나이에 오른 중국 원정길에서
죽어가면서도 끝내 말 머리를 돌리지 않은
강철 같은 유목민의 칸 티무르
모래 광장에서 그의 길을 헤아리네
죽는 날까지 모래 폭풍을 뚫고 나간
억센 검은 얼굴 그 사내 멀리서 오거든
나 오래전 이 광장을 거닐었을 고구려 사내가 되어
조우관 쓰고 환두대도 차고 그를 맞으려네
광장 가장 높은 미너렛**에 올라
초원의 별과 사막의 소리 함께 귀 기울이겠네

* 모래의 땅이란 의미를 갖고 있는 티무르 제국의 수도였던 사마르칸트의 대표적 유적지이다. 동, 서, 북쪽으로 광장을 에워싼 웅장한 세 개의 건물은 이슬람 교리를 가르치는 신학교로 '마드라사'라고 부른다.
** 첨탑minaret. 탑 꼭대기에 불을 밝혀 캄캄한 중앙아시아 사막을 여행하는 사람들을 안내했다.

사막의 등대

바스러지는 돌무더기와 모래뿐인 사막
흙벽돌로 쌓은 가장 크고 높은 첨탑에 섰다
그곳에서 생명 하나 찾을 수 없는 땅 위로
길을 내고 그 길을 오고 간
천산산맥 이쪽과 저쪽의 사람들을 본다
거칠게 몰아치는 붉은 모래 폭풍과
망망한 칠흑의 어둠 속을 헤매었을
고단한 순례자와 여행자 혹은
상인이거나 정복자였을 그들에게
죽음을 걷어내는 빛을 비춘 사막의 등대
어떤 이는 지친 몸과 행장을 추스르고
어떤 이는 비단과 차와 낙타 무리를 정비하고
어떤 이는 군장을 다듬어 더 먼 원정을 갔을 것이다

나선형 계단을 뛰어올라
가장 높은 곳의 창문을 활짝 열어
낮에는 하루 다섯 번 예배를 알리고
밤이면 환하게 불 밝혀 여행자를 부른
무명의 그 사람은 없고

오아시스 도시의 빈 미너렛 너머
사막의 붉은 여름 더디게 기운다
누구나 여행자이고 또 정주자이지만
어느 누구도 오래 정착하지 못하는
유전자를 새긴 검푸른 물줄기
오늘 밤 그 삶을 실어 굽이굽이
다시 먼 행려에 오를 것이다

마다가스카르로 가는 성자

— 이재한 목사께

마다가스카르로 갔다 그들은

뉴욕 센트럴파크 동물원의 얼룩말 마티와 사자 기린 하마,

그들의 꿈은 가슴 뛰는 검은 대륙의 케냐

한배에 탄 펭귄들의 꿈은 야생의 고향 남극이었지만

배를 타고 해류에 휩쓸리고 떠밀려 도착한 섬에서

매일 보는 것을 다르게 볼 수 있을 때 행복했다 그들은

마다가스카르로 간다고 했다 당신은

가난한 교회의 전도사 몇 년

졸부 목사가 발행한 잡지사 편집장 몇 년

폐결핵으로 생사의 경계를 넘나든 투병 몇 년

그리고 솔가해 터키에서 선교사로 십수 년

주변에서 변방으로 내내 가장자리에 머물던 당신

십자가에 못 박혀 죽은 지 사흘 만에

죽은 자 가운데 다시 살아난 예수가

맨 처음 발걸음한 곳은

예루살렘이 아닌 길릴리 바닷가

들끓는 세속 도시가 아닌
쓸쓸하고 한적한 어촌 마을
성자는 그렇게 그늘진 사람들에게
성지는 중심에서 비켜난 곳에 있다

이슬람의 땅에서 돌아온 지 1년여 만에
어느새 환갑을 넘긴 당신은
더 이상 뛰지 않는 가슴을 접어두고
다시금 펄떡이는 무엇을 따라 더 먼 극지로 간다고 했다
가난한 시절부터 나는 늘 걱정했고 하여 말리기만 했고
매번 담담하고 의연했던 당신은
고비 때마다 짧은 소식을 남기고 먼 곳으로 떠났다

아프리카 동쪽으로 4백 킬로미터 지구에서 네번째로
큰 섬
주어가 맨 뒤에 오는 언어를 쓰는 섬
8천만 년 전부터 하나둘 동물들이 건너온 디아스포라
의 섬
먼 물길을 헤엄쳐 건너 간 악어 거북이 하마……

쉼 없는 날갯짓으로 날아온 잉꼬 올빼미 박쥐……

나뭇더미에 몸을 실은 여우원숭이 개코도마뱀붙이 카멜레온……

그리고 수천 킬로미터를 건너온 인도네시아 사람들

'나'가 아니고 '너'도 아닌

행위가 중심에 있는 말을 쓴다는

반짝이는 별들 가득한 우주를

전깃불 없는 밤하늘에 담아낸다는

맨발의 아이들이 환한 얼굴로

인사를 건네며 뛰어다닌다는

인도양의 섬 마다가스카르로

그가 간다

이미 성자인 그가

다시 성자가 되어

먼 곳으로 간다

개심사 가는 길

구부러진 나무 기둥이 떠받치는
개심사 범종각 보러 갔다
소나무 왕벚나무 배롱나무 줄지어
허리 굽힌 여윈 겨울나무들 아래에서
떨쳐낼 수 없는 너를 보낸다
때로는 가파르고 때로는 좁은
호젓한 숲길에 햇살 비껴들면
그림자 같은 너를 보내고
그늘 깊은 가슴으로 돌계단 오를 것이다
장방형 연못 가로지른 나무다리 건너
고졸한 대웅보전 앞을 서성이다
해 질 무렵 범종 소리 울리거든
굽고 휘고 옹이진 못난 것들의
밀어낼 수 없는 단단한 중심에
널 보낸 내 마음 홀로 들 것이다

오늘 밤늦게 빈 몸으로 터덜터덜
해탈문 밖을 나서는 이 보거든
나인 줄 알아라

소문난 추어탕집 우거지해장국

종로 탑골공원 돌담길 따라 낙원상가 오른편
도심의 그늘 속 60년 전통 소문난 추어탕집
하나뿐인 메뉴는 미꾸라지 없는 우거지얼큰탕
플라스틱 뚝배기에 담긴 소뼈 우린 국물에
흐물흐물한 우거지 몇 가닥, 두부 한 토막과 파 몇 조각
그리고 희멀건 깍두기 한 종지와 소복한 밥 한 공기

커다란 국솥 뚜껑을 열면
새벽부터 밤까지 하얗게 피어오르는
밤에 기대어 사는 사람들
새벽을 밝히는 사람들
생의 고비를 힘겹게 넘거나 혹은
어느 언저리를 지리하게 지나는 사람들이
고된 삶과 세월의 더께가 까맣게 내려앉은
둥근 나무 탁자 낯선 틈새에 제각각 끼어 앉아
설렁설렁한 해장국에 든 밥술을 말없이 뜬다
힘에 부친 가난한 하루를 꿀꺽 삼킨다

한낮에도 빙점을 넘나드는 날씨

가설 비닐 포장 밖 플라스틱 의자에
홀로 웅크리고 앉은 초로의 사내가
메마른 목구멍으로 국밥을 넘긴다
마지막 국물 한 방울까지 다 마신 그가
굽은 허리를 펴고 천천히 걸었으면 좋을
세밑 겨울 오후 시울은 볕이 느리게 기운다

감자탕을 먹는 시간

길었던 여름도 기울고 하루도 이우는 저녁 무렵
한때는 흥성거렸을 재래시장 골목에
사람들 이따금 들고 나며 하나둘 불 꺼지고
길 건너 좁은 골목에 몇 남지 않은 홍등
차례로 불 밝히는 경계의 시간
욕망과 고단한 삶이 쉴 없이 교차하는
도시의 변두리 2차선 도로
인도에 펼친 영수네 감자탕집 노천 식탁
사람들 몇이 둘러앉아 감자탕을 먹는다
연신 머리를 조아리며
송골송골 이마에 맺힌 아직 떠나지 못한 더위를
손부채로 쫓으며 손수건으로 쓸어내며

가게 앞 화로 위 커다란 솥에는 뽀얀 국물이 끓고
수북이 쌓인 삶은 감자와 돼지 등뼈를 추려 담던
오래전 그 할머니는 가고 없고
삶의 이력을 고스란히 얼굴에 담은
깡마른 초로의 아주머니가 대신 내온
커다란 플라스틱 대접에 가득 담긴 뼈다귀와

140

아이 주먹만 한 감자 한 알과 우거지 몇 가닥
누가 맨 처음 이것을 감자탕이라 불렀을까

땅거미를 밀어낸 가로등 아래 몇 순배 소주잔
눈과 얼굴에 오른 붉은 기운으로
삶은 등뼈에 붙은 고깃점을 뜯는다
푹 삶은 육수에서 건져낸
칼로 아무리 살뜰히 발라도 발라지지 않던 살을,
뼈와 뼈 틈새에 붙은 마지막 남은 살점과 골수를
붉은 혀로 입술로 이빨로 핥고 빨고 발라내어 삼킨다
굴곡진 등뼈에 붙은 고된 하루를
신산스러운 삶을, 악착같은 가난을 혹은
오랫동안 떨쳐지지 않는 비루한 기억을
목구멍 깊이 꿀—꺽—넘기는 낯익은 식욕

어느새 저녁은 깊어 홍등 가득했던 거리 너머로
초고층 쇼핑 타운 불빛 화려하게 밝다

비움과 틈새의 시간

푸르게 일렁이던 청보리 거둔 빈 들에
하얀 소금 덩이 같은 메밀꽃을 기다리는
비움과 틈새의 시간

배꽃과 복사꽃 만발했던 자리에
코스모스와 키 큰 해바라기 몸 흔들고
배롱나무 더 붉게 물드는
세상의 풀과 나무와 산과 강이
제각각의 빛깔을 머금고 뒤섞이는 시간
징검다리 여남은 개면
눈에 띄게 수척해진 물살을 건너
다음 계절에 닿을 듯하다

크게 물굽이를 이루며 사행하는 물살에
수없이 부딪히며 어질고 순해진 돌들에게서
거친 시대를 씻는 소리가 들린다

흐르는 것이 어디 강뿐이겠냐마는
초록이 다 지기 전에

물길 따라 난 길이 문득 끊어진

강변 마을 어느 허술한 찻집에 들어

아직 고여 있는 것들

미처 보내지 못한 것들

함께 흘려보내야겠다

빠르게 질러가느라 놓친 것들

그래서 잃어버린 것들

찬찬히 새김질해봐야겠다

꽃을 만드는 손

쉐다곤 파고다* 보리수 아래서
나무 밑에서 태어나고
나무 밑에서 성장하고
나무 밑에서 깨우치고
나무 밑에서 성불하고
나무 밑에서 입열반한
앙상한 가지를 우거진 나무로
마침내 무성한 숲으로 만든
먼 옛날의 손을 든 그를 보네

꽃을 만드는 손이 되라고
그런 꽃을 피우는 사람이 되라고
다른 사람을 위해 피는
수많은 꽃과 나무들 뒤섞이고
수많은 색과 색들이 어우러지는
그곳이 피안이라고
가장 아름답고 평화로운
차안이면서 곧 피안이라고

* Shwedagon Pagoda. '금으로 된 다곤의 불탑 사원'이라는 뜻으로 미얀마 옛 수도 양곤의 북쪽 언덕에 있는 높이 99미터의 거대한 불탑. 부처의 머리카락이 안치되어 있는 불교 성지이다.

낯선 모국으로의 여행

남양주시 화도읍 마석우리
곳곳에 곰팡이가 슨 세 평 남짓 반지하 단칸방
형광등 푸른빛 아래 한 가족이 짐을 꾸린다
까무잡잡한 피부에 긴 팔다리 그리고 또렷한 이목구비
아홉 살 소녀의 커다란 눈망울에 그렁그렁 눈물이 고
인다
내일이면 한 번도 가본 적 없는 모국으로 가야 하는 소녀
"방글라데시 말은 몰라요, 그냥 여기가 좋아요. 친구들
과 헤어지는 것도 싫고, 남아서 계속 공부하고 의사도 되
고 싶은데…… 아, 모르겠어요."
또랑또랑한 한국말에 묻어나는 슬픔을 애써 삼키던
아이는
톱밥 먼지와 니스 냄새에 전 아버지 품에서 끝내 울음
을 터뜨린다

망우리 어느 산부인과에서 태어난 아이의 부모는
북회귀선이 지나는 갠지스강 하류 중앙아시아에서
스물다섯과 스물에 건너온 이주노동자
마석 가구 단지는 꿈도 사연도 곡절도 많은

코리안드림이 가정을 꾸리고 뿌리내린 귀착지
휴일 없이 이른 아침부터 밤늦게까지 일해온 지 10년여
언제 추방될지 모르는 두려움과
월급 150만 원이 주는 고단한 삶과
국적 없는 두 아이가
이 불법체류 가족의 모든 것
오랜 고민 끝에 그들이 등질 수밖에 없었던 땅으로
가난과 더위와 재난이 대물림되는 그곳으로
한국어를 모국어처럼 하는 그리고 수학과 피아노를
좋아하는
얼굴이 까무스름한 '한국 아이' 둘을 보낸다

늦은 저녁상을 건성으로 물리고 커다란 짐 가방에
내일부터는 방글라데시 아이가 되어야 하는 아이가
좋아하는
고추장과 김, 불고기 양념과 고춧가루를 차곡차곡 담고
망설임 끝에 아이가 아끼는 한국어 동화책 몇 권을 더
넣는다
눈물로 얼룩진 잠든 아이의 두 볼을 한참 동안 쓰다듬는

남는 아버지와 떠나는 가족들의 조촐하고 슬픈 이별
전야

이튿날 오후 1시 50분 인천공항,
어제까지 마석초등학교 녹촌분교 2학년이었던
마히아*와 동생과 엄마를 실은 다카행 비행기가 이륙
했다
낯선 모국으로의 멀고 긴
돌아올 수 없는 여행

*「"한국 떠나기 싫은데……" 8살 마히아 '슬픈 이별」(『한겨레』 2013년
5월 9일 자) 참조.

자두

여름이면 장마가 끝나기를 애타게 기다렸다
장마 끝 무렵 물오른 자두나무 가지에 매달린
이른 봄부터 여름까지의 비와 바람과 햇볕
연두와 노란빛이 빨강과 자줏빛으로
익어가는 여름이 마침내
커다란 소쿠리에 가득 담긴 날이면
들보 아래 대청마루가 환하게 밝아졌다
유독 눈물 많은 누이와 두 동생 그리고
나는 소쿠리에서 가장 탐스러운 여름 하나를
손에 쥐고 크게 베어 물었다
입안 가득 고인 침과 과즙이 뒤섞인
새콤 달콤 시큼함에 찌푸린 얼굴
그 여름 오후가 붉게 더 검붉게 익어가면
볼품없고 때깔 흐린 무른 여름 하나
가장 늦게 어머니 입가를 물들였다

삼합
―― 낯익은 식욕

휴일 오후, 초등학생 아들 녀석이 뜬금없이 삼합이 먹
고 싶단다
몇 해 전 진외갓집 할머니 팔순 상에서 처음 봤을 삼합을
아무렇지도 않게 입안 가득 넣고 우걱이던 낯익은 식욕

유년 시절 아버지를 따라나서면
으레 들르던 지방 도시 변두리 허름한 대폿집
낡은 탁자 위에 놓은 삼합과 찌그러진 탁배기 주전자
요걸 먹을 줄 알아야 여그 사람인 것이여
잔치에 요것이 없음 잔치가 아니제
삭은 홍어의 톡 쏘는 암모니아 향 입안에 가득 차
얼굴이 빨갛게 달아오르고 눈가에 그렁그렁 눈물 고
이면
아야, 매운 기운을 코로 뿜어내야제
눈가를 쓸어주던 굵은 손마디
그립지만 아득하기만 한 탁주에 젖은 낮고 탁한 목소리

조금 이른 저녁 시간
술손의 발길은 아직 이른 시장 골목 남도식당

군내 도는 묵은 김치 잎사귀를 펴고

기름과 살이 섞인 삶은 돼지고기에 새우젓을 얹고

알싸하니 삭은 홍어를 올려놓고

예전에 아버지가 그랬듯이

막걸리 잔을 약지손가락으로 휘휘 저으며

아이와 나와, 아이는 한 번도 본 적 없는 할아버지가

둘러앉은 삼자의 합을 곰곰이 생각한다

혀에서 혀로 전해진 보이지 않는 유전자를 물끄러미
쳐다본다

새 만다라*

나는 파랑이다
한없이 깊은 바다, 그 수심을 닮은
나는 빨강이다
경계를 넘어 아슬아슬하게 일렁이는
나는 노랑이다
모두를 끌어안지만 어디에도 정주하지 않는
그렇게 나는 하양이고
또 나는 검정이다

청 적 황 백 흑
오방색 넘나드는 화폭
먼 앞대의 항구와 바다에서
나는 꽃이 된다
춤추는 물고기가 되고
새가 되고 또 통통배가 된다
하여 푸르게 짙푸르게 파랑을 입힌
나는 마침내 통영이다

* 통영 출신 화가 전혁림(1915~2010)의 그림.

달의 남쪽

당신이 애써 슬픔을 감춘 날
들꽃 무리 때 이르게
꽃밭을 이루었다는
달의 남쪽
작은 어촌 마을에 들었다

마음의 궁기를
달래는 봄비 종일토록
겨울의 끝을 적시고
산비탈 묵은 다랑이논가에서
밤새워 수런거렸을
복수초 산자고 노루귀 제비꽃
들뜬 마음도 젖어
잠시 잦아들었다

이 비 그치면
반짝 꽃 시샘 추위 들고
이내 너른 차밭 이랑 따라
연초록 올라오리니

오늘 밤,
수백 년을 덩그러니 서서
달 아래 빈 절터를 지킨
돌탑을 찾아
견딤의 시간에 대해
물어봐야겠다
피고 지고 피고 지며
그 곁을 지킨
아름드리 동백나무 기다림에도
귀 기울여야겠다

더는 감출 수도
더는 나아갈 수도 없는
달의 남쪽에는
맑은 고요와 견고한 쓸쓸함이
고여 있다

해설

사랑 이후의 열기와 닫기

성민엽
(문학평론가)

1.

곽효환 시인의 네번째 시집 교정지를 마주하니 문득 감회가 깊다. 5년 전 '곽 시인'이(필자가 곽효환 시인에 대해 즐겨 사용하는 호칭이다. 때로는 그냥 '곽'이라고도 부른다) 세번째 시집을 준비하던 무렵 그 시집에 해설을 쓰고 싶었으나 필자의 투병 생활이 시작되어 쓰지 못했는데, 투병이 막 끝난 지금 곽 시인의 그다음 시집이 묶이고 있다. 그래서일까, 곽 시인의 새 시집은 필자에게 더욱 큰 울림을 준다.

지난 세 시집의 해설을 쓴 이들이 시 잘 읽기로 각각 자기 세대에서 으뜸이라 할 만한 유종호, 정과리, 김수

해설 | 사랑 이후의 열기와 닫기 155

이 들인 것을 보면 곽효환은 참 복이 많은 시인이다. 그 복이 필자 때문에 손상될까 두려워 조심스레 세 개의 해설을 돌아본다. 이 돌아봄에서부터 우리의 이야기를 시작하기로 하자.

유종호 선생이 곽 시인의 첫번째 시집 『인디오 여인』(민음사, 2006)에서 주목한 것은 "한 나그네가 나그네 길에서 보고 듣고 한 것을 세세하게 적고 있"다는 점이었다. 그 나그네는 바로 시인 혹은 시의 화자이다. (시인과 시의 화자는 물론 동일하지 않다. 양자는 때로 한 몸이 되기도 하지만 더 많은 경우는 분리되어 서로 다른 존재가 되는데 그렇다고 둘 사이의 내적 관계가 완전히 단절되는 것은 아니다.) 이 나그네의 길이 공간적으로는 쿠바나 멕시코에서 러시아까지, 파리에서 샌프란시스코까지 뻗쳐 있고, 이 나그네의 시선이 고대 문명의 유적같이 시간적으로 과거에 속하는 것들에 주로 주어지고 있으며, 그리고 그것들로부터 어떤 보편적 양상을 발견하고 있다는 유종호 선생의 해설은 적절해 보인다. 이 해설은 또한 그 나그네 길이 바깥 세계에만 있는 것이 아니라 시인의 내면에도 있어서 안과 밖의 두 나그네 길이 조응한다는 점도 간략하지만 적확하게 적시했다. 그리고 그 어떤 보편적 양상이란 것이 대체로 비관적이라는 점까지.

누번째 시집 『지도에 없는 집』(문학과지성사, 2010)에 해설을 쓴 문학평론가 정과리는 시인이 '지도에 없는 길'을 더 걸어 들어가서 '빈집'을 만나는 데 주목했다. 이것이 바로 표제의 '지도에 없는 집'인데, 이 집으로부터 민중적 서정시의 한 특이한 진화를 읽어내는 장면에서 비평가와 시인의 생산적 만남이 빛을 발한다. 그에 따르면 곽 시인의 시는 민중적 서정시로부터 나왔으되 역사 발전의 낙관적 전망을 제거함으로써 민중적 서정시를 벗어났으며, 전망이 상실된 텅 빈 자리를 새로운 것을 채울 빈 공간으로 바꿈으로써 자신의 방법론을 확보했고, 그 공간을 채울 수많은 이질적인 삶들을 바야흐로 살피고 있다. 이러한 모습을 '개별적 삶들의 무정형적 혼재'라고 부르면서 이는 엔트로피의 증가만을 초래하므로 이로부터 벗어나는 일이 필요하다고 진단한 정과리는 벗어남의 가능성이 이미 곽 시인에게서 나타나고 있음에 주목하며 그것을 '사랑에 몰입하기'라고 명명했다. 그래서 해설의 제목도 "삶을 비워 사랑하기"가 된 것이지만, 다만 '사랑' 부분에 대한 설명은 충분하지 않아 보인다.

세번째 시집 『슬픔의 뼈대』(문학과지성사, 2014)에 해설을 쓴 문학평론가 김수이는 '북방'이라는 키워드에 초점을 맞추었다. 곽 시인의 '북방'은 "일차적으로 우리 민족의 기원과 정착지인 대륙의 북쪽 및 한반도의 북녘을 가리키지만, 이 북쪽의 정서와 이야기를 지닌 곳이면 어디든 북방이 되"(p. 157)고 그래서 그것은 "차단된 삶의 여로이고, 단절된 역사의 현장이며, 잊혀가는 오래된 정감의 고향이자, 채울 수 없는 결핍과 그리움의 진원지"(p. 156)라는 것이 김수이의 설명이다. 현대 자본주의 문명에 의해 인간에게 주어진 시간이 "하나의 방향으로 전진하는 정향定向의 시간"(p. 168)이라면 곽 시인의 '북방'은 그 정향의 시간에서 벗어나는 '회향回向의 시간'을 가능하게 한다는 점에 주목할 것을 강조하며 김수이는 자신의 해설에 "북방의 길, 회향의 시간"이라는 제목을 붙였다.

세 편의 해설 모두 멋진 글들이지만 비교하자면 유종호 선생의 글은 일반 독자의 읽기를 염두에 둔 듯하고 다른 두 편은 전문 독자(적절한 표현인지 의심스러우나 시인이나 비평가, 그리고 그에 준하는 전문성을 갖춘 독자를 뜻한다)를 주된 대상으로 설정한 듯하다. 학술 논문이 같은 분야의 학자를 독자로 설정하는 것은 당연한 일이지만 비평, 그중에서도 특히 해설은 독자의 설정을 어떻게 하는 게 적절한지 분명치 않다. 이 차이를 감안하면서 우리는 몇 가지 질문을 마련해보자.

첫째, 세 해설에는 곽효환 시의 변천이 반영되어 있는가? 유종호 선생이 설명한 '나그네 길의 관찰'은 두 번째와 세번째 시집까지 계속된다. 정과리가 밝힌 '삶 비우기'는 첫 시집에서도 주요한 양상으로 나타났었고 세번째 시집에도 계속된다. 김수이가 이름 붙인 '북방의 여로' 역시 첫 시집에서부터 시작되어 계속되어 왔다. 이 일관된 시 세계에 대한 해설로서 가장 포괄적인 것은 유종호 선생의 것이다. 모든 것이 다 나그네 길에서 만난 것들이니까. 좀더 깊이 들어가서 그 만난 것들의 성격을 밝힌 것이 정과리의 해설이고, 좀더 자세하게 그 나그네 길의 주된 경향을 들여다본 것이 김수이의 해설이다. 그렇다면 곽효환 시에는 그동안 특별한 변화가 없었다는 것인가? 그렇지 않다. 무엇보다 먼저 축적의 진행이 있었고, 초점의 심화가 있었다. 그 진행과 심화가 정과리와 김수이의 해설을 가능하게 했다고 이해해야 할 것이다.

둘째, 정과리와 김수이 두 비평가가 공히 언급한 문제, 곽효환 시와 낭만주의의 관계를 어떻게 이해할 것인가? 정과리는 곽효환의 낭만주의적 성향을 인정하면서 그것이 부정적 낭만주의, 응시성 낭만주의에 속하지만, 소극적이 아니라 구성력이 강한 특징을 갖는다고 보았다. 김수이는 곽효환의 시에 '비극적인 낭만적 열정'이 작용하고 있음을 적시했다. 그렇다면 곽효환은 낭만주의자인가 아닌가. 꼭 낭만주의자는 아니더라도 낭만주의가 시에서 중요한 역할과 작용을 하고 있는 것은 분명한데, 그 역할과 작용이 정과리나 김수이가 설명한 정도에 그치는 것일까. 토론이 더 필요하다고 생각된다.

셋째, 세 편의 해설 모두 내용(잘 쓰지 않은 지 오래된 표현이지만 이 장면에서는 이에 의지하는 편이 간편하겠다) 분석을 위주로 하고 있다. 이 분석이 때로는 사상思想 담론에 가까워지기도 하는데, 그래서 여기에 반대한다는 뜻이 아니라 다만 아쉽다는 것이다. 리듬이나 어조, 말하는 방식 등에서 곽 시인의 개성은 무엇이고 어떤 것인지 궁금하기 때문이다. 이상의 세 질문에 비추어가며 새 시집을 살펴보기로 한다.

2.

새 시집 『너는』은 우선 제목부터 시인의 지난 시집들과 확연히 구별된다. 『인디오 여인』 『지도에 없는 집』 『슬픔의 뼈대』 와는 말의 형태에서부터 거의 상반되지 않는가. 완결되지 않고 열어만 두는 이 형태는 어디에서 온 것일까. 시집 제목 "너는"과 동일한 제목의 시편, 그러니까 표제작 「너는」은 5연 33행으로 구성되어 있는데, 앞의 세 연은 말의 형태가 똑같다.

비에 젖은 통영에 가서 얼마간 머물고 싶다고 했다
너는
날이 춥고 바람 차다고 옷을 단단히 입으라고 했다

나는

　시집 제목의 "너는"을 보고 '너는 비에 젖은 통영에 가서 얼마간 머물고 싶다고 했다'의 '너는'을 연상하는 것이 자연스럽기 때문에 바로 앞에서 필자가 '열어만 두는 형태'라고 설명했던 것인데, 그러나 표제작이 실제로 보여주는 것은 그것의 도치형, 즉 "비에 젖은 통영에 가서 얼마간 머물고 싶다고 했다 너는"의 '너는'이다. '열어만 두는 형태'의 '너는'이 여기서 다시 '닫는 형태'의 '너는'으로 바뀌는 것이다. 정확히 말하면 이 '너는'은 '열기'와 '닫기'가 겹쳐진 이중성을 형태상의 특징으로 한다. 곽 시인에게 이 형태상의 특징은 각별한 의미를 갖는 것으로 생각된다.

　표제작을 좀더 따라가보자. 두번째 연은 첫번째 연 앞 두 행의 연속 혹은 반복이고, 세번째 연은 뒤 두 행의 연속 혹은 반복이다. 그러고 나서 네번째 연에서 '너'와 '나'에 관해 시의 화자가 다음과 같이 진술한다.

　너는, 나는
　많이 싸웠어야 했다
　불확실한 위험과 시련에서
　등 돌리지 말고 도망치지 말고
　그 차오르는 말들을

그 세세한 기억들을

그 기적 같은 감정을 지키기 위해

한때 가까웠던 우리는

더 많이 더 열렬하게 싸웠어야 했다

그러나 싸우지 않았거나 못했을 것이고, 그래서 '그 기적 같은 감정'을 지키지 못했을 것이고, 그래서 결국 헤어지게 된 것이 현재의 상황일 것이다. 두 연인의 이별이라는 너무나 흔한 주제를, 그러나 매우 특이한 방식으로 진술한 이 시편은 그 특이한 방식으로 인해 주목할 만한 작품이 되었다. 더구나 마지막 연을 이룬 두 행은 더욱 특이하다.

아무 데도 없으나 어디에나 있는

너라는 깊고 큰 구멍

헤어진 뒤 '너'는 '나'에게 '구멍'이 되었다. '구멍'은 여성성일 수도 있고 결핍일 수도 있고 블랙홀일 수도 있다. 이제 이 '구멍'은 '나'의 존재의 조건이 되었다. 사랑을 잃고 쓰는 연애시는 '구멍'과의 부단한 대면인 것인가.

곽 시인의 새 시집에는 연애시나 연애시라고 여길 만한 작품이 유난히 많이 등장한다. 주로 시집의 III부에 실린 시편들이 그러한데 이들은 「너는」처럼 대부분 헤어진 뒤를 진술의 시간으로 삼고 있다(그중 한 시편은 제목부터가 "사랑 이후"이다). 이 연애시들은 한편으로는, 의도했든 의도하지 않았든, '삶을 비워 사랑하기'라는 정과리의 명명에 대한 답변이 되는 듯한데, 정과리가 '사랑에 몰입하기'를 예견했다면 곽 시인의 선택은 '사랑 이후'로 나타난 것이다. 정과리의 해석처럼 '예술의 본령이 사랑이라는 행위 그 자체'라면 곽 시인의 새 시집은 오히려 그것의 불가능함을, '사랑 이후'의 묘사를 통해 암시한다. 시인의 이러한 행보에는 하나의 사건이 결정적인 영향을 미친 것으로 보인다. 바로 '세월호 참사'이다.

Ⅱ부에서 네 편이 세월호 참사에 대한 시인의 발언이다. 곽 시인의 시적 어조의 기본적 특징은 충분한 절제인데 이 시편들에서는 그 절제가 사라진다. 격한 감정이 직접적인 목소리를 통해 분출된다.

> 내 눈에는 너희들의 아름다운 그늘만 보인다
> 하여 운다
> 울고 또 운다
> 멈추지 않는 비극과 반복되는 야만 앞에서
> 뿌연 도심의 뉴스 전광판을 맴돌며 나는
> 밤늦도록 다시 흐느껴 운다
> ─「잠들어선 안 될 잠에 든 아이들」 부분

곽 시인의 직장이 바로 광화문 사거리에 있으니 세월호 참사와 관련된 가슴 아픈 장면들을 수년 동안 계속 목격했을 것이다. 곽 시인의 연애시가 '사랑 이후'를 시점時點으로 삼은 것은 필시 이와 무관하지 않으리라.

이 특이한 연애시의 등장 이외에는 앞선 세 시집의 주제들이 지속적으로 나타나고 있어서 읽는 이에 따라서는 단순 반복이 아니냐고 물을 수도 있을 듯하다. 필자의 대답은 아니다,이다. 앞에서 이미 언급했듯이 그것은 축적이고 심화이다. 몇 가지 예를 들어보자.

(1) 길은 사라지고

　　굽고 휘고 뒤틀린 나무들 뒤섞여

　　더 깊이 더 무성히 울울한 여름 숲

　　문득 펼쳐진 낙엽송 군락에 서서

　　오래전 사람들의 그림자를 본다

　　　　　　　　—「여름 숲에서 그을린 삶을 보다」 부분

(2) 작은 산들은 작은 산대로

　　멀리 큰 산은 큰 산대로 그늘 깊은 북방의 밤

　　얼마나 많은 사람들이

　　이 산 밖으로 나가고 또 들어왔을는지

　　울고 웃고 뒤섞이고

사랑하고 헤어지고 떠나고 남았을는지

그들을 만나러 가는 검푸른 길은 깊어 서늘하고

내 마음은 외롭고 쓸쓸하지만 모처럼 헌거롭다

—「환인桓仁 가는 길」 부분

(3) 나는 얼마나 더 가야

발원에 닿을 수 있을까

굵은 눈물 훔치고 몸 들여 기댈 수 있을까

—「강의 기원」 부분

(4) 잿빛으로 기우는 평원에서 왈칵 눈물을 쏟다

때로는 높게 더러는 낮게

날아오르고 흩어지고 내려앉는

그러나 단 한 번도 부딪치지 않는

아슬아슬한 새 떼들의 군무가 보고 싶었는데

—「재두루미와 울다」 부분

(1)길이 끊어진 곳에서 더 들어가기, (2)'북방'에 대한 공감의 정서, (3)시원이나 시작에 대한 열망 등은 기왕의 시집들과 고스란히 겹쳐지는바, 이러한 진술들은 새 시집 곳곳에서 되풀이되고 있다. 되풀이가 단순한 반복이 아니라 축적일 때, 축적은 축적으로 끝나지 않고 심화를 동반하기도 하며 어느 임계점을 넘는 순간에

는 질적 변화를 가져온다(축적이 엔트로피의 증대만을 수반하는 것은 아닐 것이다. 축적이 축적으로만 끝나지는 않기 때문이다). 인용 시 (4)의 경우를 그 변화의 대표적인 예로 지목할 수 있다. 비슷한 장면이 다음과 같이 두 번째 시집 수록 시에도 나온 바 있다.

> 눈 덮인 철원평야
> 석양을 좇아 기러기 떼 한 무리 날다
> 옷을 벗은 나뭇가지에 잔설이 앉고
> 무정형한 새들의 군무
>
> ──「겨울, 평강고원」 부분

똑같은 한겨울 철원평야에서, 전에는 밥 짓는 연기는 안 보여도 새들의 군무는 보였는데, 지금은, "혹한의 철원평야는 푸른 하늘만 시리다/여울이 사라져 꽁꽁 언 강줄기 여울목과/눈 쌓인 들판, 날이 저물도록 텅 비어 있다"(「재두루미와 울다」). 전에는 아쉬워했지만 지금은 왈칵 눈물을 쏟는다.

이 변화가 빚어낸 새로운 양상이 '사랑 이후'를 주제로 한 연애시라고 할 수 있다. 연애시가 곽효환에게 이제 와서 처음 나타난 것은 아니다. 가령 세번째 시집 『슬픔의 뼈대』에 실린 「너는 내게 너무 깊이 들어왔다」를 보자.

너를 보내고

폐사지 이끼 낀 돌계단에 주저앉아

더 이상 아무것도 아닌 내가

운다

아무것도 할 수 없는 내가

소리 내어 운다

떨쳐낼 수 없는 무엇을

애써 삼키며 흐느낀다

아무래도 너는 내게 너무 깊이 들어왔다

   사랑 이후의 연애시로서의 모습을 완벽히 갖추고 있고 새 시집의 연애시들의 원형과도 같은 모습이라는 것을 알아볼 수 있다. 이미 있었던 것이지만 그것이 크게 활성화되면서 부각되고 특히 「너는」에서와 같이 새로운 말의 형태를 생성해내면서 곽효환의 시 세계에 큰 변화가 잉태되고 있음을 암시해준다.

   앞에서 제기했던 세 가지 질문 중 첫번째 질문과 관련한 논의는 이 정도로 마무리 짓기로 하자. 세번째 질문에 대한 답변은 필자보다 눈 밝고 부지런한 다른 분에게 부탁드리기로 하고 여기서는 곽효환 시의 낭만주의라는 두번째 질문에 대해 살펴보기로 하겠다.

곽효환의 시에 낭만주의적 성향이 있는가. 있다. 그것도 아주 많이, 게다가 곽효환 시 세계의 근간을 이루고 있다. 정과리가 곽효환 시의 낭만주의에서 주목한 것은 그 낭만주의가 보여주는 특이한 양상, 즉 '비포장길 저편의 집'을 '포장길 옆의 버려진 버스 정류소의 미래형'으로 바꾸는 특이한 구성력이었다(이게 무슨 뜻인지 여기서 설명하기에는 지면이 부족하므로 관심 있는 독자들은 곽효환의 두번째 시집 해설을 읽어보시라 권하고 싶다). 정과리는 곽효환의 낭만주의에 대한 긍정이나 부정의 평가에는 주목하지 않았다. 그와 달리 김수이는 곽효환의 낭만주의에 대해 의문을 제기했다. "그가 떠나는 북방의 여정이 역사의식과 존재론적 탐구를 바탕으로 하면서도 비극적인 낭만적 열정에 이끌리고 있는 점을 부정하기 어렵다"라는 김수이의 진술은 역사의식과 존재론적 탐구에 대한 긍정, 비극적인 낭만적 열정에 대한 부정이라는 가치 판단을 바탕으로 하고 있다. 왜 부정하는가. 첫째는 "오래된 것, 잃어버린 것, 빼앗긴 것에 대한 기억과 애도, 발언과 소환은 시가 누구이 해온 익숙한 작업"이기 때문이고, 둘째는 "오래된 것이 가장 새롭게 귀환하는 역설적 가능성 및 가능한 역설은 시의 미래에 언제나 포함되어 있"지만 현대문명이 "과거의 유산들을 열광적으로 파괴하며 쇄신"하는 빙식으로 "'오래된 새로움'의 역설을 이미 현실에서 구체

적으로 실행하고 있"기 때문이다. 그래서 김수이는 "이 지점은 곽효환 시의 한계와 도전이 맞닿아 있는 문제적인 교차점이다"라고 썼다(p.164, 김수이의 의견은 오해를 피하기 위해 가능한 한 직접 인용했다). 김수이의 의견이 귀중한 조언임을 부정하는 것은 아니지만 필자로서는 다른 관점에서의 관찰도 필요하겠다는 생각이 든다.

낭만주의라는 말이 갖는 의미는 의미의 층위에 따라 여러 가지가 있을 수 있다. 그 층위를 어떻게 잡느냐에 따라 낭만주의는 서로 매우 다른 것이 될 수 있는 것이다. 우선 곽효환의 낭만주의는 "오래된 것, 잃어버린 것, 빼앗긴 것에 대한 기억과 애도, 발언과 소환"이라는 설명으로 다 파악될 수 있는 것이 아닌 듯하다. 그것에 그친다면 그 낭만주의는 진부한 것, 우리가 흔히 보고 그 진부함에 이미 잔뜩 질려버린 그러한 것에 지나지 않으리라. 이 점에서 정과리가 구성력에 대해 살핀 것은 주목할 만하다. 그렇게 살필 때 명사 '낭만주의'가 아니라 형용사 낭만주의'적'인 곽효환 시의 성향은 응시성 낭만주의적이되 특이한 구성력을 통해 응시성 낭만주의를 벗어난 어떤 새로운 것이라고 이해할 수 있겠다. 그러한 이해에 동의하며 한 가지 더 첨언하자면 곽효환 시의 또 하나의 성향을 강조할 필요가 있겠다는 것이다. 이왕에 낭만주의적이라는 말로 설명을 하고 있었으니 여기에 고전주의적이라는 말을 추가하고 싶다. 곽 시인은 당연히 고전주의자가 아니지만 그의 언어 사용에 나타나는 엄격한 절제는 지극히 고전주의적이다. 적지 않은 대목에서 한시의 어조와 리듬이 느껴질 정도이다. 요는 낭만주의나 고전주의가 실체가 아니라 개별 시인의 시가 실체라는 것, 낭만주의적이나 고전주의적이라는 형용사는 특정 시대에 국한된 것이 아니라 어느 시대에나 가능하고 유효하다는 것, 심지어는 낭만주의적이나 고전주의적인 것이 실험성과도 결합할 수 있다는 것. 이러한 열린 이해가 필요하다는 것이 필자의 생각이다.

새 시집에 실린 시인의 글들 중 가장 최근의 것은 '시인의 말'일 것이다. 여기서 곽 시인은 다음과 같이 씀으로써 우리의 이러저러한 추측에 힘을 실어준다.

너는,
타자이면서 우리이다.
시원이면서 궁극인 너는
끝내 닿을 수 없는 내 안의 타자이다.
나는
흔들리며 흔들리며
다시 너에게로 간다.

동서고금의 뛰어난 시인들에게서 연애시는 항상 단

순한 연애시가 아니라 더 깊은 무엇이었다. 이 '시인의 말'은 곽 시인의 연애시 역시 단순한 연애시가 아님을, 그리고 앞으로의 곽 시인의 시적 행보가 어느 방향을 향할지를 짐작하게 해준다. 지금은 아마도 '틈새'이고 '사이', 그러니까 "청보리 거둔 빈 들"에서 "메밀꽃을 기다리는" "틈새의 시간"(「비움과 틈새의 시간」)이고 "더 이상 낮은 아니고 아직 밤도 아닌/사이의 시간"(「해질 무렵」)일 것이다. 틈새와 사이는 항상 긴장으로 가득한 법이다. ▨